Un hommage à Edward HOPPER

Jean Étienne

Un hommage à Edward Hopper

(A tribute to Edward Hopper)

Recueil de nouvelles

Édition : BoD – Books on Demand, info@bod.fr
Impression : BoD – Books on Demand, In de Tarpen 42,
Norderstedt (Allemagne)
Impression à la demande
ISBN : 978-2-3224-6847-8
Dépôt légal : Décembre 2022

© Jean-Louis Étienne

Le code de la propriété intellectuelle n'autorisant aux termes des paragraphes 2 et 3 de l'article L.122-5, d'une part, que les copies ou reproductions strictement réservées à l'usage privé du copiste et non destinées à une utilisation collective et, d'autre part, sous réserve du nom de l'auteur et de la source, que les analyses et les courtes citations justifiées par le caractère critique, polémique, pédagogique, scientifique ou d'information, toute représentation ou reproduction intégrale ou partielle, faite sans le consentement de l'auteur ou de ses ayants droit ou ayants cause, est illicite (article L.122-4). Cette représentation ou reproduction, par quelque procédé que ce soit, constituerait donc une contrefaçon sanctionnée par les articles L.335-2 et suivants du Code de la propriété intellectuelle.

« Tout art est une exploration du subconscient »
Edward HOPPER

Il y a dans les toiles de Hopper une profondeur qui révèle toute sa lucidité et sa sensibilité. Car il peint une Amérique qui n'existe plus que dans les rêves des nostalgiques de cette époque révolue.

Derrière les images parfaites qui suintent le bonheur et le paysage de carte postale, derrière la course effrénée au bonheur et à la réussite sociale, il existe une face cachée, celle de l'ennui, de l'angoisse du vide, du néant.

Les hommes et les femmes sont passifs, dominés par on ne sait quelle obscurité ou quelle fatalité, une chape de plomb pèse sur leurs épaules. Une violence latente forgera et précipitera leur avenir.

Ils sont en attente de leur destin.

Barn and silo, Vermont, 1927
© Metropolitan Museum of Art, New York
© The Lesley and Emma Sceafer Collection

Barn and silo
(Le hangar)

La première fois que je l'ai vu, nous venions de déménager pour prendre un nouveau fermage, je n'ai pas vu grand-chose. Mon père me tenait par la main, fort. Il marchait vite, mes petites jambes pédalaient, deux pas pour un, presque je courais. Je ne savais pas où me mettre. Dans l'ornière creusée par les roues des charrettes et du tracteur ou sur les mottes d'herbes entre les deux. Occupé, que j'étais, à ne pas me tordre les pieds, les yeux humides je ne distinguais qu'à travers un filtre. Les larmes arrivaient débordant de mes paupières. Je les essuyais elles revenaient sans cesse floutant la vision. J'essayais de comprendre ce qui m'avait amené là, dans cette situation, cette première fois comme les autres, les suivantes. Je compris plus tard qu'il n'y avait d'autres raisons que moi et lui. Ça a commencé j'étais si petit. Comme dans un western tout pourri, cette maison n'était pas assez grande pour nous deux. Cette première fois, ma main dans sa main, nos bras formaient une équerre rigide, il était si grand et moi si menu.

Combien de fois ? On ne peut qu'imaginer, faire une

moyenne, une statistique, entre tant et tant. En raison de x fois par semaine, de tel âge à tel âge, calculez combien de fois je fus enfermé dans cette grange ?

Je n'y suis jamais allé seul. Entre-temps, de la main on est passé au dos de la chemise, du dos au col, du col aux cheveux. Mes pas sont devenus plus assurés, mes yeux ont séché et mes questions sont restées.

Me tenant toujours la main, il tire l'immense porte en bois pleine de fer, même pour lui elle semble lourde. Ça y est, l'entrebâillement est suffisant pour me propulser à l'intérieur. Pour me jeter plutôt, me balancer. Il y a une volonté de faire mal, une grande violence. Je mords la poussière. Le sol est fait de terre battue. Ce bâtiment, que je sais maintenant gris comme le bois usé par les intempéries, était inexploité. Finalement, on peut dire qu'il était à mon usage personnel, un peu ma résidence secondaire. Quand je dis que je mords la poussière, c'est au vrai sens du terme. Je pleurais, je sanglotais. La marche contenait déjà cette violence. Je n'en imaginais pas une plus forte encore. Je n'imaginais pas que cela puisse exister. Surpris par la rapidité du geste, je n'ai pas eu les réflexes adéquats. Je compris après qu'une planche de bois barrait le bas du portail, mes chevilles s'en souviennent toujours et encore. Vous voyez là ? La déviation ? Et là sur le visage ? Ça tend à disparaître mais c'est visible. Sourcil, côté du nez, pommette, menton, la peau n'a pas la même texture que sur le reste du visage. Je porte le châtiment dans ma chair. J'ai encore le goût de la poussière de terre dans la bouche. Je m'affale et mon visage ne sera plus jamais le même. Ma joue est déchirée comme la moitié de ma face. Ça fait mal. Un court instant j'oublie pourquoi je suis là. Je me redresse. Mes genoux et mes mains sont aussi meurtris. Le sang perle des meurtrissures. La nouvelle larme qui coule sur mon visage tombe sur ma chaussure, elle rougit. Je passe ma main comme pour m'essuyer. Je sens que je suis à vif, les grains de sable roulent, il y en a tant. Je ne fais qu'étaler un peu plus le sang, les larmes et la boue, ma main est maculée de rouge. J'ai peur, mes habits sont tachés, cela méritera une correction, excellent prétexte. Plus tard au retour à la maison on m'a nettoyé sommairement. « Ça suffit ! Comme ça, tu t'en souviendras pour la prochaine fois. » Ainsi donc, il y aura des « prochaines fois ». Il y en eut beaucoup.

Je me calme mais reste prostré un bon moment. Quand le danger reviendra-t-il ? Mon esprit s'éclaircit. Je ne connais pas ce lieu. J'ai appris à le connaître. J'y ai même trouvé les instruments de mon bonheur et donc le pourquoi je me trouve ici à vous parler maintenant.

J'ai habitué mes yeux et mes mains à l'obscurité. Il y avait des ouvertures qui laissaient passer la lumière. Mes chutes et mes arrivées fréquentes soulevaient une fumée de poussière, réelle, visible et belle dans les rayons de soleil. Non, non, le projet n'est pas venu rapidement. Il a nécessité quelques années de mûrissement. Il devait être précédé par la volonté. Elle est venue quand je me suis rendu compte que l'espoir était vain. Quoi que je fasse, rien ne changeait, idem pour quoi que je sois. Qu'avais-je comme alternative ?

Au fil du temps et de mes multiples visites dans cette grange, j'ai eu le loisir d'en faire le tour. Elle n'était pas vide loin s'en faut. J'ai donc utilisé cette liberté pour matérialiser ce qui allait devenir mon projet. Dans un coin, du matériel agricole sans âge, usé, cassé, des bouts de bois, de la ferraille, des outils dont personne n'aurait voulu. J'ai trié, classé et répertorié. Le projet prenait forme. Il était simple mais demandait une certaine précision, en dépendait sa réussite ou mon trépas. J'ai eu le temps de répéter. Ne pas se louper, ma vie en dépend. Le plan a été long à réaliser, il n'était pas uniquement tributaire des objets ou des outils. J'étais moi-même un de ces instruments, il fallait que je sois affûté. Vous rappelez-vous cette barre à la porte dont mes jambes gardent le souvenir ? Elle est la première étape de mon plan car aujourd'hui va se terminer mon calvaire.

J'ai peut-être provoqué la punition. Après les coups, le chemin de la grange. On arrive à la porte. J'esquive la poussée, d'une main je saisis le chambranle, l'autre passe dans son dos. Cette fois, c'est moi qui pousse. Il s'étale, la barre de seuil a une nouvelle fois fait son travail. Il est surpris, je n'avais jamais réagi. Pour recevoir sa chute, sa main droite se place à l'endroit prévu, sur une planche assez large. Je saisis un manche avec une pointe en fer. Je transperce sa main maintenant solidaire de la planche. Hurlement. Je lâche le manche et saisis ce que j'appelle ici une machette. Les tendons d'Achille et l'arrière des genoux sont sectionnés. Hurlement de nouveau. Il ne s'échappera pas. Il se tortille, une poutre en travers des reins l'immobilise un peu plus.

Pour être sûr qu'il ne bouge pas son autre bras ou essaie de ramper, je taillade les tendons de son épaule. Je suis étonné qu'il hurle encore. Je pose un genou sur la planche qui tient sa main. J'ai posé la machette, place aux outils suivants, burin et marteau. J'attaque la main que j'ai vu si souvent me frapper. Un à un les doigts se détachent. Cinq hurlements. Ces cris me fatiguent. J'enlève la poutre, je le retourne, prends un pieu aiguisé, je lui présente sa gorge. À son regard, je vois qu'il n'a toujours pas compris. Il tente vainement de bouger. Mes deux pieds de chaque côté de sa taille l'en empêchent. Je suis légèrement courbé, le pieu est un peu court. Sous ma pression contrôlée, il s'enfonce doucement dans la gorge. Le sang goutte puis ruisselle, la respiration n'est plus nasale mais gutturale, j'atteins les cervicales, dernier craquement, je n'entends plus rien. Je suis libre.

En prison, mais libre.

Reclining nude, 1927

©Whitney Museum of American Art, New York

Reclining nude
(Nelly)

Je m'appelle Nelly et je vivais dans une famille très stricte, stricto-rigoriste même. « Dans la rigueur du châtiment » était une de leurs phrases préférées. Une famille réduite, le père, la mère et moi, pas de frère ou de sœur. Heureusement, leur sort n'aurait pas été enviable.

Plus on grandit, plus on s'en rend compte. L'école et la société sont, pour cela, une grande aide. Chez nous, par chance, il n'y avait pas d'école confessionnelle. Ou du moins trop loin ou trop chère, donc l'enseignement public m'a accueillie, joyeux mélange de tout et n'importe quoi, un endroit hors de la maison où je pouvais vivre normalement. Oui, normalement, sans reproches, sans surveillance continuelle, sans punitions que je trouvais injustifiées, sans repas tristes à entendre continuellement des leçons de morale, sans avoir de livres autres que des réécritures évangéliques. C'est sûrement à cause de cela que j'ai des personnalités multiples que je connais, que j'exploite, et dont je joue. Quelquefois.

J'ai rembobiné mes souvenirs familiaux. Je sais qu'il y a une période dans la petite enfance qui n'est pas imprimée dans la mémoire et qui pourtant nous modèle. D'aussi loin que j'aie pu remonter dans le temps, mes parents ne m'ont touchée que pour me soigner, m'habiller ou s'occuper matériellement de moi. Je ne connais pas le goût d'un baiser ni la sensation d'une caresse sur aucune partie de mon corps. Si on me prenait la main, c'était sur le chemin de tous les dangers de l'école. Le contact corporel et les étreintes étaient réservés aux punitions qui m'emmenaient dans ma chambre. Certes, les paroles d'amour ou d'affection étaient présentes entre les exhortations bénéfiques et maléfiques mais pas de gestes, pas d'attentions, pas de contacts autres que nécessaires. Pas de superflu non plus, de rares cadeaux pour ne pas susciter l'envie. Nous avions pourtant les moyens de ne pas vivre dans cette forme de dénuement. Les besoins fondamentaux étaient assurés, pas plus et pas de plus.

Une éducation stricte à en pleurer. La vie n'était pas facile dans cet environnement.

J'étais innocente. Je ne voulais qu'une chose, le plaisir d'être bien avec mon corps, en communion avec mon esprit. Quelle contradiction tout de même, ce corps tant nié, mais si surveillé, si espionné, source de tous les maux d'après mes parents. Des maux que je ne pouvais connaître. J'étais innocente. Dans la maison, les portes avaient été enlevées, il fallait voir que je ne me pervertis pas dans ma chambre ou dans la salle de bain. Ou ailleurs, le diable et la tentation sont partout. Une douche, on n'avait pas de baignoire, trop de risques de perversion. J'étais innocente. Je n'étais jamais seule et on attendait à côté de mon lit que je sois endormie. Quels étaient mon péché ou mes péchés ? J'entendais corps égale mal, je sentais corps égale bon. J'étais innocente.

Non coupable pour eux, mes géniteurs. Coupable d'essayer de me sentir, de désirer ressentir une main aimante juste sur mon bras. Je voulais que cette main soit la leur, je me l'imaginais, je me le figurais. Je fermais les yeux, je leur inventais un sourire avec le geste bienveillant qui l'accompagne. J'avais une position dans mon lit que j'affectionnais et qui était obligatoire parfois. Un fœtus pas complètement recroquevillé, une main sur et une autre sous l'oreiller, un coussin entre les jambes quand cela était possible. Position que je conserve encore, nue le plus souvent.

Parce que, quand ils pensaient, leur imagination dans ce domaine était grande, que je faisais le mal, ils me faisaient mal, pour mon bien. Contradiction incompréhensible pour une petite fille. La partie du corps châtiée était le dos qui se retrouvait avec des marques douloureuses qui m'obligeaient à prendre cette position latérale, de sécurité dirait-on aujourd'hui. Je reproduis ces contradictions en aimant me retrouver de cette manière dans mon lit, souffrance et apaisement. Après la punition, on me laissait tranquille, la violence n'avait plus besoin d'être puisque j'avais compris. Prostrée dans mon lit je cherchais à adoucir mon mal par des caresses. Seul moment où cela fût possible. J'ai découvert le plaisir en glissant ma main de mon oreiller vers mon torse d'abord puis plus tard vers mes cuisses et, quand un jour je suis devenue une jeune fille, vers mon sexe. Autre contradiction qui n'a pas aidé ma personnalité à être stable : injustice, châtiment, douleur, plaisir. Comment choisir ?

Il y a des gestes bizarres quelquefois, on ne sait pas trop pourquoi on les fait, ils ne sont pas prémédités mais ils se révèlent avoir une très grande utilité. Un jour, j'étais en dernière année de collège, j'ai pris et caché dans ma chambre un slip du père que j'avais pris dans la corbeille à linge sale. Je l'ai glissé entre le sommier et le matelas de mon lit du côté du mur. Je ne pouvais pas avoir de coiffeuse car les miroirs sont sales et favorisent l'orgueil, mais j'avais de quoi me coiffer, en particulier une brosse. Les parents n'en avaient pas supprimé le manche n'ayant pas eu l'idée perverse de son utilisation potentielle. Or, un soir, après une nouvelle punition, je me retrouve dans mon lit avec la brosse à ce moment propice où, pour retrouver ma sérénité et mes esprits, je suis seule avec moi-même. Je suis grande maintenant, j'explore différentes voies pour accéder au plaisir solitaire. L'appendice de cette brosse est parfait. Je sais faire sans bruit, sans mouvements perceptibles, sans éveiller aucun soupçon. Tout fonctionne normalement, le va-et-vient est parfaitement agréable. Et là, une idée me traverse l'esprit me coupant tous mes effets. Bien que mon plaisir ne soit pas complet, je suis satisfaite de la fulgurance de mon idée. Je retire la brosse de mon orifice, je tâtonne pour trouver le slip puis j'essuie avec ma brosse à l'intérieur, là où se place le sexe. Demain sera une journée intéressante.

De fait, comme d'habitude le père vient me chercher au collège, comme d'habitude je sors sans dire au revoir à personne, je ne dois pas être souillée, direction la maison. Comme d'habitude, nous y attendrons que la mère revienne de ses activités charitables. Une fois arrivés, j'attends d'entendre le crissement de la voiture de la mère sur les graviers de l'allée. Elle est là, claquement de portière. J'appelle le père, j'ai besoin de lui pour une explication concernant un devoir. Quand la mère entre, après avoir fermé la porte, elle appelle. Le père sort de ma chambre, désolé de ne pas l'avoir entendue. Quelques secondes après, je sors à mon tour. Je fais une drôle de tête et, ostensiblement, je finis de remonter mon pantalon puis le reboutonne. La mère a un air surpris, elle me questionne. Non, maman, tout va bien. Je retourne dans ma chambre, je m'allonge sur le lit dans ma position favorite, ils ne peuvent voir l'expression satisfaite qui orne mon visage. Je me questionne à mon tour, cela va-t-il fonctionner ?

Le lendemain entre deux cours je vais voir une responsable éducative. Je lui raconte en sanglotant que mon père a abusé de moi, qu'il m'a violée, que la loi divine l'interdit. Cela a été difficile à croire pour la mère, le père criait son innocence. Cependant, à ma façon de raconter la scène, j'étais très crédible. De plus, j'avais des preuves, je n'avais pas de copain, de petit ami, mais je n'étais plus vierge. Surtout, j'avais le sous-vêtement souillé au bon endroit et s'il n'y avait pas de semence dedans c'est qu'il n'avait pas eu le temps d'aller au bout du rapport. Imparable. Le procès fut une formalité. Le père n'avait pas les moyens d'avoir un bon avocat et ma prestation a fini de convaincre le jury. La mère était inexistante, sanglotante, mutique, elle ne put prendre position pour le père ou moi. Plus le traitement médiatique de l'affaire, il n'avait aucune chance. « Guilty[*] » ! Moins un parent, il est en prison, il n'a rien compris. Dorénavant, ses codétenus lui expliquent la vie sans femme.

Il m'a été conseillé d'aller le voir pour soi-disant trouver un chemin vers le pardon. Je lui ai donc parlé de son mode de vie

---

[*] « coupable »

avec la mère et moi, la surveillance, les punitions, les châtiments, les exhortations contre le mal, la peur du monde. Je lui dis aussi que la prison allait lui faire comprendre ce que j'ai vécu, ce qu'eux m'ont fait vivre depuis ma naissance. J'étais innocente, comme lui. Eux ne m'ont jamais crue, le jury ne l'a pas cru non plus. Maintenant, il connaît la douleur dans le corps et l'injustice dans l'esprit.

Mon vrai problème maintenant c'est que je ne pourrai pas recommencer la même histoire pour me débarrasser de la mère.

Elle a beaucoup pleuré, elle est passée par des phases terribles d'abattement, de rejet de la réalité, de colère, de déprime mais surtout d'incompréhension. Le monde qu'elle avait construit s'écroulait. Elle pensait être un modèle pour notre famille, tout comme le système de valeurs qu'elle défendait. Ses idées, ses visions avaient été jetées à terre, foulées aux pieds. Pourtant les livres saints ne pouvaient mentir ! Comment le diable avait-il pu s'emparer de son mari de la sorte ? Il n'y avait donc pas d'innocent dans cette maison. Pour elle finalement, l'éducation qu'elle avait érigée en dogme n'avait pas échoué. Au contraire, selon le principe de la double prédestination, exposé par saint Augustin et saint Paul, je crois, dieu seul le savait. Elle n'était pas responsable. Il allait falloir être encore plus strict afin de lutter contre toutes les tentations, oui toutes, et être plus fortes que Lucifer.

Ma vie allait passer du purgatoire à l'enfer !

C'est à partir de ce moment-là que la mère a commencé à sombrer dans une sorte de délire. Quand elle était présente, elle avait gardé quelques-unes de ses activités, je la trouvais tantôt prostrée, tantôt gesticulant, tantôt hurlant. Elle entreprenait des marches sans fin dans la maison en marmonnant. Ses arrêts se traduisaient par des crises de violence contre elle-même ou contre moi, mais je réussissais à parer ses coups. Il fallait en finir. Vite.

Je suis allée voir les services sociaux afin de trouver de l'aide. Selon eux, la situation n'était pas encore assez critique pour une intervention. Mais au vu de la situation, ils allaient enquêter. Ils ont estimé que la mère pouvait, avec du temps, des soins, ses tâches extérieures et ma présence, retrouver un équilibre bien qu'elle soit très fragile. Bien, je lui ferai donc passer le cap de cette fragilité pour la transformer en folle.

Sa haine du corps allait être un atout précieux.

Au lycée maintenant, je passais pour une fille pas tout à fait ordinaire, je ne me mêlais que peu aux autres élèves, sans toutefois être cataloguée comme farouche. Je n'étais certainement pas populaire mais on me laissait tranquille. Il y avait des garçons un peu comme moi dans ma classe. En séduire un fut une entreprise aisée. Laissé à l'écart le plus souvent, n'étant pas le souffre-douleur, qu'une fille s'intéresse à lui est inespéré, un don du ciel. Il fallait faire bien attention qu'il soit vaillant, courageux, capable de me défendre. Mais surtout, qu'il soit amoureux, fou amoureux. J'avais tous les moyens pour qu'il le soit, autre facette de ma personnalité.

Il était puceau et moi aussi finalement. Un rapport sexuel se pratique à deux, au moins. La masturbation est un acte solitaire, il manque une personne. Lui correspondait à mon besoin de séparation maternelle, d'effacement, de suppression. Nous avons pas mal joué à nous embrasser puis nous caresser, jusqu'à l'intime, ce que je faisais quelquefois pour le soulager. Je le sentais prêt à passer à l'acte.

La première fois se passa chez moi, dans mon lit. J'ai dû lui paraître bizarre de vouloir cette position. Il pensait que nous le ferions de manière très classique, lui dessus, moi dessous. Pour la première pénétration d'accord mais pour la suite ma manière devait primer car s'il était un objet de mon plan, rien ne m'empêchait de prendre du plaisir, de le lier au besoin, à la nécessité en quelque sorte. Et depuis toujours, je prenais ce plaisir en étant sur le côté. Lui était derrière moi, son sexe en moi, ses mains caressaient mon dos si souvent meurtri. Le rappel des douleurs de l'enfance mélangé au plaisir charnel me procura une extase si forte qu'il n'a pas pu se retenir. Il lui faudra de l'entraînement, notre rapport devra nécessairement être plus long.

La mère avait besoin d'horaires précis pour son équilibre psychique, disaient les docteurs. Il ne lui fallait pas non plus de chocs psychologiques, les conséquences, bien qu'inconnues, pouvaient être terriblement néfastes au dit équilibre. Tant mieux me disais-je. Nous étions à notre affaire avec mon amoureux, tous les deux nus sur mon lit, dans ma position favorite. Trop pris dans l'acte de fornication, il n'a pas entendu, à l'inverse de moi, la porte s'ouvrir. C'est à ce moment-là que mes halètements se sont faits plus bruyants, en crescendo. Je voulais d'abord provoquer l'étonnement de la mère. J'étais sûre que, malgré elle, elle reconnaissait ces bruits. Mais comment pouvait-il y en avoir dans cette maison ? Mais comment pouvaient-ils émaner précisément de ma chambre ? Elle était obligée de venir voir.

Pour notre intimité, les volets avaient été fermés, la lumière venait de la porte sans porte. J'ai vu son ombre sur le mur. Je ne pouvais voir son visage mais je l'imaginais parfaitement se tordant en tous sens, grimaçant de la douleur du cœur pris dans un étau : le diable c'est sa fille ! Un cri, mieux, un hurlement déchire et stoppe net nos ébats. Le temps de traverser la pièce, le copain se redresse, elle se jette sur nous toutes griffes dehors. Je me recroqueville. Elle plante ses ongles dans mon dos en citant des prières d'exorcismes. J'ai l'habitude mais je crie de douleur. Dans un geste pour me défendre, il s'interpose et la repousse vers l'encadrement de la porte. Enragée, elle se rue de nouveau vers moi. Debout cette fois et des deux mains il la repousse de nouveau, encore plus fort, elle recule, se prend les talons dans le tapis, titube et tombe en arrière. On entend un craquement. Silence. Je me retourne. Je vois la mère étendue par terre inerte, assommée ? J'enfile rapidement une chemise de nuit. Je lui demande de passer un vêtement. Notre tenue est plus décente. Sans un mot, nous nous approchons de la mère. Le tapis commence à absorber le sang qui se répand de sa tête.

Ses yeux sont fixes, elle ne respire plus. Elle est morte.

Bon sang ! C'était pas le scénario prévu ! Je voulais simplement la faire devenir irrémédiablement folle.

Un point positif : me voilà débarrassée du deuxième parent. Définitivement pour celui-là. Reste à me débarrasser de mon amoureux fou. Je n'aurai pas de pitié. C'est quand même lui qui a tué MA MAMAN.

House at the fort, Gloucester, 1924
© Museum of Fine Arts (MFA), Boston, MA, US

House at the fort, Gloucester

(Maison de vacances)

La vision de la maison que l'on a par cet angle de prise de vue la rend curieuse, construite au mauvais endroit. Impossible de ne pas me souvenir de tout. Ce lieu est ancré, gravé, ciselé dans ma mémoire. J'en ai tous les films, toutes les photos, toutes les diapos.

On voit bien comment est l'environnement : du relief, des rochers, la mer. C'est tout cela qui me plaisait, là. Maison de vacances, d'été, différente de l'appartement en ville. Que disait-il, cet appartement ? La vie de famille, le travail des parents, l'école des enfants, la nécessaire organisation pour que tout roule sans anicroches. Nos parents savaient le faire. Ils savaient aussi nous impliquer dans les tâches ménagères : mettre la table, la débarrasser, ranger ses affaires, sa chambre, laisser les toilettes et la salle de bain propre après utilisation, ne pas râler quand un vêtement n'est pas repassé. « Tu sais où est la planche ? Tu sais où est le fer ? Alors, vas-y ! ». Adolescent, je pouvais déjà être autonome, enfin presque, il ne faut rien exagérer. Nécessaire organisation parce qu'il y avait un rythme de vie particulier. Les trajets à l'école, au collège, aux activités, il fallait respecter nos emplois du temps, ceux des parents et les horaires des repas que nous prenions en commun.

Cette maison, c'était tout l'inverse. Nulle contrainte, sauf celle des repas. La liberté, le jeu, l'insouciance et les autres. Ils étaient de deux catégories, la famille et les autochtones. Ceux-ci pouvaient nourrir une pointe de jalousie. Une mauvaise conjoncture impliquant de gros revers de fortune les avait obligés à disperser la majeure partie de leurs biens immobiliers. Même si nous en avons profité, nous n'étions pas responsables. Mais comme nous étions ceux qui avaient acheté la maison non loin de la leur, nous avons été la figure d'attachement qui cristallise le ressentiment.

La deuxième catégorie des autres était la famille. La maison était grande, quelques aménagements l'avaient rendue confortable. Mes parents et leurs frères et sœurs, qui ne pouvaient se voir dans le courant de l'année, profitaient de ces moments pour resserrer les liens distendus par l'éloignement et le temps. Cette génération amenait avec elle la génération suivante, leurs enfants, nos cousins et cousines.

C'est ce qui faisait l'extraordinaire de ces vacances, nous étions presque du même âge. Et il y avait Louise. Elle venait avec ses parents et nous la gardions le reste de l'été. Elle était déjà très jolie, gracile, presque fragile. Tu prendras soin d'elle, avait demandé ma mère. Ce jour-là, nous sommes devenus Louise et Charles. Il suffisait qu'on appelle Louise pour que Charles suive de près et inversement pour moi et elle.

On ne sait pas exactement quand cela commence mais à un moment on sait qu'on attend les vacances pour voir, pour être avec l'autre. Il, elle, devient une nécessité. Nous avions et aimions ce lien. Outre qu'il nous réunissait, il était aussi un champ merveilleux de découvertes et d'expériences. Nous aimions la plage, son sable qui s'immisçait dans nos maillots, obligeant nos parents à nous passer au jet avant la douche du soir. Les rochers avec ses cohortes de moules et de coquillages qui tentaient de nous couper les pieds en éventrant nos espadrilles. D'ailleurs, nous ne partions jamais sans une provision de quatre ou cinq paires. Parce que si nous étions toujours côte à côte, grimper sur les rochers nous donnait la formidable occasion de nous donner la main, de nous tirer l'un l'autre et d'atterrir dans nos bras en équilibre sur un tapis d'algues glissantes. Notre âge avançant, nous avons échangé un jour par ce moyen un baiser. Il ne nous a pas surpris, il était manifestement dans la nature des choses, une évidence. Il n'a rien changé. Il n'y avait rien à prouver, nous continuions à être comme avant. Il n'y avait pas de culpabilité malsaine. Une étape de nos sentiments, de notre amour.

Elle n'était pas la seule cousine ni moi le seul cousin. Nous partagions ensemble nombre de moments de joie, de rire, d'aventure, mais elle était Louise. Les courses de relais sur la plage provoquaient immanquablement d'énormes fous rires, surtout si l'un d'entre nous tombait, mais j'étais Charles. Les châteaux de sable et leur défense héroïque contre les assaillants et les marées, mais elle était Louise. La chasse aux crabes qui nous pinçaient les doigts dans les trous d'eau, que nous rejetions à la mer après les avoir comptés et désigné un vainqueur. Mais j'étais Charles. Ils ne le savaient pas forcément mais nous étions nous l'un à l'autre.

Les enfants du cru, les autochtones, faisaient quelquefois partie de la bande. Quelques-uns, plus vieux que nous, nous regardaient jouer. Je me souviens que plusieurs fois ils ont crié des insultes à notre encontre, essentiellement le fils de l'ancien propriétaire et ses deux acolytes. Même si cela était désagréable, nous n'y prêtions guère attention. Ils étaient le seul point négatif de notre séjour. Semble-t-il, eux avaient bien compris la nature de notre relation avec Louise. Sans doute en formaient-ils là aussi une sorte de jalousie. On ne les a jamais vus accompagnés de filles. Pourtant nous en connaissions dans le coin, vacancières ou du pays, de leur âge qui plus est. À croire qu'ils avaient jeté leur dévolu sur nous.

Avec Louise, ce n'était pas que notre famille nous pesait

mais nous avions besoin de nous retrouver seuls. Pour rien, pour être l'un à côté de l'autre. Ce rapprochement et ce contact étaient nécessaires.

Un jour, nous étions assis sur le sable, au ras de la mer, la marée montait. Nous attendions chaque vague. Quand l'une était plus forte, nous soulevions nos pieds et elle venait mourir sur nos fesses, mouillant définitivement nos habits ; nos espadrilles étaient déjà irrécupérables. Ce balancement nous faisait rire en pensant à la colère feinte de nos parents respectifs. Nous remontions la plage, assis à reculons, riant aux éclats. Ces rires, quelles que soient les situations, finissaient en moment calme. Épaule contre épaule, les bras entrelacés pour joindre nos mains. Nous contemplions le silence. Ce jour-là, Louise me regarda comme jamais elle ne l'avait fait. Je reconnus ses yeux clairs, sa frange qui striait son front. Mais ce n'était ni le sel ni le soleil qui fronçaient ses sourcils. Il y avait une interrogation jusqu'à l'inquiétude. Elle n'avait pas besoin de dire je t'aime. Je compris qu'elle disait « Ne me quitte pas ! » J'ai déposé un baiser d'une tendresse infinie sur ses lèvres. Nous étions d'accord sur notre présent et notre avenir. Un sourire a orné et détendu son visage.

Trop absorbés, nous n'avons pas entendu les trois autres arriver. Ce n'est qu'une fois autour de nous que le silence se fit. D'un seul coup, nous étions glacés. Que voulaient-ils ? Le grand s'est placé près de Louise. Avaient-ils préparé leur méfait ? Puis tout est allé très vite. Nous n'avons pas eu le temps de nous lever que les deux sbires me saisissaient pour m'immobiliser pendant que le grand se jetait sur Louise. L'intention de profiter d'elle était manifeste. Il eut avec elle des gestes qui ne m'avaient jamais effleuré l'esprit. Je criais, elle criait, ils riaient du désespoir. Nos regards se sont croisés. L'image de ses yeux inquiets est réapparue. Puis, je ne sais comment, l'horreur décuplant certainement les forces, je réussis à me dégager de leur emprise, les deux se retrouvent au sol. Je me précipite vers Louise, assène un coup de pied à l'autre, la prends par la main, la lève pour trouver refuge à la maison. Je les entends nous poursuivre. Nos espadrilles trempées ne sont pas très efficaces pour courir. Nous voilà sur les rochers, nous les avons grimpés mille fois. Notre course est ralentie par ce relief. Je les entends se rapprocher. Dix mètres et c'est de nouveau le sable, la délivrance. Mais, au même moment, nos pieds glissent sur les algues, provoquant une chute, Louise sur une roche en contrebas. Quand ma tête a heurté le rocher, avant de sombrer, je n'ai pu qu'entendre « Cassons-nous ! ».

C'est la marée qui m'a réveillée, l'eau sur mon visage. Ma main ne tenait plus Louise. Elle avait disparu. Elle ne m'aurait pas laissé seul.

On m'a expliqué ce qu'il s'était passé une fois que le corps de Louise eut été retrouvé. Sa chute avait été mortelle. Un rocher un peu plus pointu lui avait percé la tempe. Elle n'avait rien senti. Mort immédiate. Sans douleur. Sauf la mienne.

La mer l'avait prise comme une sépulture pour nous la rendre peu après. Tant que j'ai pu parler, je n'ai rien dit du pourquoi. La conclusion de l'accident fut rapide. Ses parents sont venus la chercher. La tristesse de la maison était immense, palpable. J'avais perdu mon amour. Je me suis tu. Je suis devenu mutique. Les traits de mon visage n'exprimaient plus rien. Un an comme ça. Mes parents comprenaient vaguement mais ne trouvaient pas de solution. Être dans cet état pour sa dernière année de collège, c'est difficile vis-à-vis de son entourage familial et scolaire. Mais mon cerveau cogitait, il fonctionnait parfaitement, il cherchait.

Les vacances suivantes, nous sommes comme d'habitude arrivés les premiers à la maison. Le cœur de tous était bien serré. La voiture était à peine arrêtée que je suis descendu en courant vers les rochers. Je voulais présenter à Louise mon plan et avoir son assentiment. De retour à la maison, j'ai vu ma mère pleurer de m'entendre de nouveau parler. Je suis redevenu un garçon ordinaire. Pendant ce séjour et les suivants, malgré le malheur, la vie reprit le dessus. Nous grandissions, nous vieillissions, les préoccupations n'étaient plus les mêmes. Je ne voyais les trois assassins que de loin.

Je suis devenu pharmacien. J'avais besoin de connaître parfaitement les drogues et leurs effets afin de les maîtriser au mieux. Pour mettre toutes les chances de mon côté je me suis même formé à la « persuasion ». Au milieu de quantité de charlatans, il existe de vrais professionnels. Comme je retournais régulièrement à la maison, insidieusement je questionnais. Je savais où ils se trouvaient et ce que faisaient les assassins. Un détective privé m'apprit tout ce qui me manquait sur leur vie.

Les croiser dans la rue au moment propice fut un jeu d'enfant. Comme les convaincre de venir boire un verre pour leur expliquer la valeur du pardon et que j'avais compris qu'ils n'étaient finalement responsables de rien, que seule la fatalité avait conduit au drame. Ce fut aussi un jeu d'enfant de les droguer et de les amener un par un à la maison. Pour rester discret quand même, j'avais choisi que le reflux démarre la nuit. Il n'y avait pas d'éclairage public par ici. Les pieds et les mains entravés, liés entre eux, les assassins ne pouvaient fuir.

Je les ai assis au ras des vagues, attachés, comme une grappe pour leur rappeler leur amitié néfaste, lestés de sacs de pierres. Pour le « fun » et pour que la police s'interroge (l'interrogation était suffisante, les réponses n'auraient plus d'importance), j'avais au préalable détaché trois bouts de rocher où était tombée Louise. Puis avec un bandeau de tennis, j'ai placé ce témoin de leur forfait sur leur tempe droite. Un bâillon sur la bouche m'évitait d'entendre leurs jérémiades et supplications. Ils avaient maintenant compris depuis un moment déjà la raison de notre rencontre « fortuite ».

Et la mer a commencé son œuvre. C'est long mais inéluctable. Quand elle est arrivée au niveau du menton je leur ai enlevé leur bâillon. J'avais besoin de leurs cris pour comprendre, pour m'apaiser et être sûr du pourquoi du silence suivant. La certitude de leur mort était rassurante.

Vois-tu Louise, mon plan a fonctionné, un mal a réparé un autre mal. Maintenant, je peux te rejoindre. J'ai remis de l'ordre dans nos vies, elles vont reprendre là où elles se sont arrêtées. J'enlève mes vêtements, je nage à ta rencontre, j'arrive.

Nous allons pouvoir vivre notre amour infini dans la mort.

Gas, 1940
© Museum of Modern Art, New York

Gas
(Station service)

Ayé, les lumières sont allumées. Ça attire plus de mouches que de clients ou de touristes mais bon, on sait jamais. Tiens, fils, sors-nous deux bières fraîches du bac. Je sais pas mais je pense que c'est le bon soir. Je me sens l'envie de dire des choses de ma vie. On n'en a jamais vraiment parlé. C'est vrai aussi que tu n'as jamais demandé non plus. On a des pudeurs quelquefois. Parce que la version de ta mère, si elle t'a raconté quelques chose, n'est pas suffisante. Il devrait y avoir des variantes sur l'appréciation des événements.

On est passé par ici pour notre voyage de noces. On voulait voir la côte, la mer on connaissait pas. Il fallait aller à la ville plus loin pour la nuit, une étape. Il était tard, il nous manquait de l'essence, on était sur la réserve. On s'est arrêtés ici juste quand le type éclairait la station. Il nous faisait le plein et on discutait. Il était vieux et seul. Il nous a hébergés gentiment pour éviter les frais d'hôtel. On a passé la soirée sur cette terrasse, sur le banc et sur le siège à bascule tout en éclusant quelques bières. Je t'ai dit qu'il était vieux et seul, et fatigué ? Cela faisait beaucoup d'années déjà qu'il avait monté ce business. Il avait flairé qu'on se déplacerait beaucoup en automobile qu'il disait. Il avait fichtrement raison. Mais pas ici.

Tu as vu ce paysage ? C'est beau non ? On peut penser que c'est limité, on ne voit pratiquement rien à cause des arbres au bord de la route. Ici, c'est l'imagination qui travaille. La plaine est juste derrière, les collines encore juste un peu plus loin, le monde juste plus loin encore. J'ai aimé et j'aime toujours le vert de la nature, le rouge des pompes, le blanc-gris du local. Parce que si je mets les lumières le soir, après, quand je ferme, je les éteins et là plus rien ne gêne pour voir le ciel, les étoiles. Y'a qu'ici que j'ai vu ça, dès le premier soir. Les astres, mon rêve, voyage immobile, pensées d'un lointain. Chaque fois que possible, un vaisseau spatial m'embarquait. Sans nuages, ciel limpide, accès direct au cosmos. Je sais, on me dit quelquefois que je suis dans la lune, c'est vrai, je le reconnais. Ici, tous les soirs de beau temps, j'ai rêvé. Et je rêve encore. Les cieux sont inépuisables.

J'ai réussi à convaincre ta mère, ce qui n'a pas été dur, elle était amoureuse et elle a été d'accord pour l'aventure. On n'avait, elle et moi, que deux emplois miteux vers chez nous qui nous assuraient un avenir médiocre. Un mobile home pour logement, des enfants qui braillent. Belles perspectives. Quitter cet avenir ne nous coûtait pas grand-chose. On allait passer d'employés exploités à entrepreneurs. On a racheté son affaire. Une semaine plus tard, on déménageait. La voiture a été largement suffisante tant nous n'avions pas grand-chose à part nos vêtements. On a acheté quoi ? Les pompes, la sorte de bar où l'on servait du café, des chewing-gums, de la bière et le petit atelier à côté. Plus la maigre clientèle, mais ça on ne le savait pas encore. Mes petites connaissances en mécanique nous aideraient je pensais.

C'était, comme tu le vois maintenant, juste un peu plus neuf. Les panneaux publicitaires sont les mêmes qu'à l'époque, certaines marques n'existent plus aujourd'hui, mais ils sont là. Y'a des clients qui ont voulu me les racheter. J'ai toujours refusé de les vendre. Pas par conservatisme, ils font partie de la station, de son image. Pour moi, c'est important, tu comprends ?

Il fait bon ce soir. On est bien là. Une vie tranquille. Je crois que ta mère n'a plus supporté. Au début, oui. Fraîchement mariée, propriétaire d'une station-service, propriétaire de son outil de travail, la vie s'annonçait bien. Une route, un village pas loin, une grande ville à une paire d'heures, tous les éléments de la réussite. Mais à peine assez de clients pour vivre. Oh, ça allait. On payait nos dettes, on mangeait à notre faim, on avait un toit et le confort qui va avec, mais pas d'extra. Travail tous les jours, pas de vacances, fermeture impossible, tout comme les économies qui nous auraient permis de partir un peu.

Je n'ai pas vu que ta mère n'était pas heureuse. Elle a dû le cacher en voyant que moi, ici, j'étais bien, dans mon élément, heureux pour deux. Je menais notre vie, enfin, la mienne. Je n'ai rien vu aussi parce que tu es arrivé. J'ai cru que tu étais la preuve de notre bonheur. J'étais fier de te voir dans ton berceau, dans ton parc, fier de tes premiers sourires et de tes premiers pas. Le bonheur je te dis. Je n'ai rien vu non plus quand elle est partie avec toi. J'ai lu sa lettre qui disait ce que je viens de te dire. Est-ce que je pouvais faire grand-chose ? Nous n'étions pas notre destin, en tout cas pas ensemble. Pas longtemps après j'ai reçu les papiers du divorce. Putain, c'est dur ! Je n'ai jamais pu m'occuper de toi comme je l'aurais voulu. Vous aviez disparu. Je n'ai jamais eu les moyens d'engager un détective ou un avocat pour vous retrouver. Plutôt que me battre et tout perdre ou ruminer une rancœur qui se serait transformée en haine à m'en faire crever, j'ai préféré me construire une vie qui soit respectable qui soit celle que j'aime malgré le manque. J'ai laissé le destin jouer. Oh, fils ! J'ai pas eu raison ? Tu vois, j'ai jamais bougé de là, je ne voulais pas te rater le jour où. Et je savais qu'il ne viendrait peut-être jamais.

Je crois que tous les jours que Dieu faisait, je faisais la

même chose : allumer les pompes et la station puis prendre une bière ici, regarder le ciel. Je l'ai usé ce fauteuil, mes pantalons avec. Il a bien fallu le recoller quelquefois ou les repriser, mais il est toujours là, fidèle à ce lieu, comme moi.

Tu as remarqué que cette station ressemble à celle qu'on voit dans les films ? Trois pompes au cas où il y aurait plus d'un client, une baraque en bois, de vieilles voitures qui rouillent, un tas de vieux pneus et un vieux barbu ronchon en plein désert de nulle part. Ici, il ne manque que les ivrognes paumés accoudés au bar. Le dernier que j'ai vu de film c'est de ce réalisateur, Fiorentino qui s'appelle. Hein ? Tarentino ? Ouais, ça doit être ça. À chaque fois dans ce genre de films, y'a des morts, des bagarres, les stations elles explosent, ça me fait mal au cœur de voir tout détruit, c'est si beau. Heureusement pas de destruction ici, tu trouveras toujours tout pareil, c'est tranquille. Pas de drame, une vie égale à elle-même tous les jours en toutes saisons, immuable, imperturbable. Ma vie c'est pas du cinéma.

Sauf le jour où un jeune homme vient qui me demande si je suis bien Raymond Barles, que je lui réponds oui en me méfiant un peu et qu'il me dit « bonjour, papa ! »

Je ne sais pas si j'ai mené une vie de con à rester là dans ma routine. Il m'est arrivé de me poser la question à tourner en rond dans mes pensées, à attendre dans ma tête. Mais quand je t'ai vu, la réponse a été évidente. Qu'est-ce qui rend un fils fier de son père ? Sa réussite ou sa présence ? Disons que j'ai réussi à être présent au bon moment. Tu as dû le voir quand tu as dit « … papa », mon visage est passé par tout un tas d'expressions inconnues pour finir par un énorme sourire mouillé de larmes. L'étreinte a été partagée. La dernière fois, tes pieds étaient très loin du sol. Là, nous étions à égalité, tu es un homme.

À partir de ce moment, j'ai eu encore plus envie de rester ici. Ce lieu devenait un gage de bonheur bien plus grand qu'auparavant. Et il a bien fallu que tu partes, tu es revenu quand tu le voulais. Pas régulièrement mais suffisamment pour moi. Et pour toi, je suppose. Un repas, un lit, une bière et le calme t'attendaient. Tu n'avais pas besoin d'avertir, tu savais que je serais là. C'est ça, un peu comme l'étoile du berger.

Tu n'es jamais venu avec une femme, tu avais peur qu'elle fasse comme ta mère ? Je blague. Si ta vie m'intéresse, elle ne me regarde pas tant qu'elle est honnête. Dis donc j'ai fait le bavard ce soir. Il est tard, je suis fatigué, je vais me coucher. Quand tu iras, toi aussi n'oublie pas d'éteindre les pompes.

Ce que je fis pour la dernière fois ce soir-là, le lendemain je repartais chez moi. Elles n'ont été allumées que quelques jours après mon départ. Le deuxième soir sans lumières, les amis sont venus voir, un peu inquiet. Un matin, tu ne t'étais pas réveillé et tu ne te réveillerais plus jamais.

Aujourd'hui, j'ai tes cendres dans mes mains. Je ne veux pas de ça, je ne veux pas les garder. Les souvenirs sont mieux gardés et plus en sécurité dans la tête que sur une étagère. Ils sont moins douloureux. Je ne crois en rien mais je me dis que tu serais mieux ici où a été ton bonheur. J'ouvre l'urne. Je te disperse dans cette station qui a fait ta vie et une partie de la mienne, ta vie qui m'a montré et qui m'a fait comprendre à ton exemple, que soi et les autres étaient les biens les plus désirables.

Adieu Papa, merci.

Night in the park, 1921
© Smithsonian Museum of Art, New York

Night in the park
(Le journal)

Ça y est, je peux lire mon journal. Elle ne me cassera plus les pieds avec ses demandes incessantes. Je ne pensais pas que sa présence continuelle serait aussi insupportable. Vive la retraite qu'ils disaient, tu parles, pas un moment de calme. Au moins au boulot avec mes factures j'étais bien. Enfin seul. Je ne connaissais pas ce parc. Il est assez loin de la maison. Il fait nuit maintenant, un réverbère est placé juste derrière le banc où je me suis assis. Je comprends qu'il n'y ait plus personne, cette lumière n'est guère propice aux amours naissantes. L'éclairage tombe pile sur ma lecture. Les nouvelles ne seront pas fraîches, elles sont d'hier mais comme je n'écoute ni ne regarde les informations, j'ai toujours un temps de retard. Plus un promeneur, plus un rôdeur, plus d'enfants braillards et leur mère les appelant en criant, la voix des femmes me hérisse le poil. Quel rêve de me retrouver ici ! Mais cette tranquillité ne durera pas, il me faudra rentrer à la maison.

Rapport d'interrogatoire de Madame Lesly Parker par le brigadier affecté au commissariat de Greensboro concernant l'affaire des époux Howard. Établi au poste de police de Greensboro à la date précitée ci-dessus.

Question : vous connaissez les époux Howard ?

Réponse : oui ce sont mes voisins.

Question : vous pouvez me dire comment ils étaient ?

Réponse : Madame Howard, Louise, était toujours joyeuse, elle chantait beaucoup, toujours à son ménage. Ha ! Sa maison était propre. Lui était plus discret. On n'entendait jamais de dispute ni de cri.

Question : ils vivaient là depuis longtemps ?

Réponse : ils ont fait construire comme nous il y a 30 ans.

Question : vous vous fréquentiez ?

Réponse : quand Charles était au travail, Louise venait quelquefois à la maison ou moi j'allais chez elle pour boire un café ou une tisane l'après-midi. Depuis sa retraite, à Charles, elle ne travaillait pas, elle venait moins souvent. Elle voulait s'occuper de lui toute la journée, comme une bonne épouse dévouée qui n'a jamais vraiment profité pleinement de son mari. Moi je n'y allais plus, quand j'arrivais il se plongeait dans son journal.

Question : vous avez une explication concernant notre affaire ?

Réponse : non, rien, mais absolument rien, ne laissait penser que cela puisse arriver.

« Bonjour, vous êtes toujours sur Info-TV. Fait divers, le drame de Greensboro. Nous avons un reporter sur place qui a mené l'enquête. Oliver c'est à vous.

— Bonjour, Audrey. J'ai tenté d'avoir des informations auprès de la police mais celle-ci se refuse à tout commentaire. L'enquête avance, nous vous tiendrons informés quand nous aurons les éléments qui nous permettront de conclure nous a-t-elle dit et répété. Vous voyez que la police se montre discrète pour faciliter, dit-elle, ses recherches et ses investigations. Mais j'ai à côté de moi une habitante du quartier...

— Ben, on pense pas que ça peut arriver ici. C'est un quartier calme sans problème, y'a pas de racailles, que des gens bien. Houlala ! ça fait un choc. On se connaît tous ici, comme un village. C'est jamais arrivé, ça. On surveille, on fait attention, on comprend pas...

— Merci, madame, vous voyez Audrey, ici c'est l'incompréhension face à ce drame.

— Merci, Olivier, n'hésitez pas à intervenir en cas de nouvelles informations. On me prévient qu'une de nos équipes a retrouvé l'ancien patron de Charles Howard.

— Bien sûr que je connais bien Monsieur Howard. Cela faisait 25 ans qu'il travaillait dans notre cabinet comptable en tant que préposé aux écritures. Le passage à l'informatique fut difficile mais il s'est accroché et il est resté, un bon élément. C'est lui qui avait le plus d'ancienneté dans la boîte quand il est parti à la retraite. Ses relations de travail étaient cordiales sans être amicales. Ce n'était pas un adepte des pauses à la machine à café. Pendant vingt cinq ans je l'ai vu arriver vingt à trente minutes en avance, se mettre à son bureau et lire son journal, le reprendre aux pauses, à midi et le ramener chez lui le soir. Toujours calme et serein malgré les tensions qu'il peut y avoir dans notre métier.

- Témoignage important s'il en est. Sans plus attendre la météo.

Rapport préliminaire du médecin légiste établi sur place au domicile des époux Howard : Madame Howard, identité confirmée par la police, est étendue par terre dans le salon. Elle ne respire pas, son pouls ne bat plus et sa température corporelle est de 32°, il est inutile de tenter une réanimation, elle est décédée. Une flaque de sang suite à une blessure à la tête, provoquée par un objet contondant, s'est répandue sur le sol. La blessure, plus que probable cause de la mort, consiste en un enfoncement du crâne au niveau du front certainement dû au choc d'un appareil électroménager. On voit d'ailleurs la marque de l'appareil imprimé à l'envers sur le front. Il s'agit très certainement de l'aspirateur qui se trouve à côté du corps puisqu'on y trouve des traces de sang ainsi qu'une fissure sur le capot. De plus, le tuyau de l'aspirateur est placé au travers de la bouche de Madame Howard, comme un bâillon. Ce qui n'a pu être fait que post mortem. Reste à déterminer par quel geste le coup a été porté. »

« La parole est à la défense pour sa plaidoirie, Maître nous vous écoutons.

— Merci, monsieur le Président. Messieurs les jurés. Nous avons eu une tâche difficile, celle de déterminer les motivations profondes qui expliqueraient le geste de mon client. Certes, donner un grand coup d'aspirateur sur le crâne de sa femme pour la faire taire et avoir la paix, si c'est expéditif, ce n'est pas le meilleur moyen de parvenir à ses fins. Certes, il existe des moyens moins radicaux, vous les connaissez, vous avez sûrement déjà, messieurs, été confronté à une telle situation. Mais je vous demande d'imaginer dans quel état psychique désespéré Monsieur Howard était. L'emprise de sa femme sur lui était terrible. Rendez-vous compte, elle voulait le choyer, s'occuper de lui exclusivement, elle en a fait un objet de son ménage. Il était sa chose, son instrument, au même titre qu'un bibelot sur une étagère, silencieux et immobile. Car, que voulait-il lui depuis sa retraite ? Pouvait-il imaginer cette vie après une vie de travail ? Certes non ! Il voulait être tranquille, dans le calme, dans la quiétude d'une maison où il pourrait lire son journal sans être dérangé, sans entendre le babil incessant de sa femme, seulement entrecoupé de chansons mièvres, qu'elle chantait faux d'ailleurs. Tranquille, exactement comme on l'a retrouvé dans ce parc où il finissait de lire la page sportive. Alors oui, maintenant on comprend le geste, on l'admet. Et s'il est condamnable, il est excusable. Au même titre qu'une mouche que l'on supprime avec la tapette afin de faire cesser son tournoiement continuel et ses atterrissages sur notre crâne. Personne n'est en prison pour ça. Je vous demande donc la plus grande mansuétude pour Monsieur Howard qui est, par les faits, une victime. Victime de son humeur, certes, mais victime quand même. Mesdames, messieurs les jurés, j'ai confiance en vous. Monsieur le Président, j'ai terminé.

— Monsieur Howard, vous avez la possibilité de vous exprimer en dernier lieu pour votre procès, vous avez la parole.

— Merci, monsieur le Président. Mesdames, messieurs les jurés, c'est vrai que ce que j'ai fait c'est pas bien et un peu excessif. Pour ça, je mérite d'être puni. J'ai une question : on peut recevoir son journal en prison ? »

Room in Brooklyn, 1932
© Museum of Fine Arts, Boston

Room in Brooklyn
(Seule à la fenêtre)

J'ai eu mal.

Maintenant, ça va mieux. Ce n'est plus la même douleur. Je supporte.

J'ai aimé. C'est la cause. Je n'aime plus ? L'expression de l'amour est différente, son objet aussi peut-être, qui fait que la douleur est encore présente. Même si sa manifestation change avec le temps et les circonstances. Ce sentiment existe toujours, on vit, on agit, on réagit, on n'interagit pas ou peu ou pas réellement, on « quotidienne ». La vie se répète chaque jour. Les tâches s'enchaînent.

Des projets ? Bien sûr mais ceux-ci n'affectent plus mon présent. On en avait discuté. Le pour était évident, matériel, raisonnable, engageant. Une famille a besoin d'un toit. Pas que nous n'en ayons pas, il n'était simplement pas à nous. Et si cette situation pouvait être satisfaisante, à terme, à long terme, elle ne me plaisait pas. Les moyens et le courage étaient là mais…

Ce mal est profond autant par sa dimension que par sa localisation, il est dedans, dans son ressenti, il est tout intérieur, invisible au commun. Il est une répercussion. Il est en nous, c'est pour nous, comme un héritage qu'on ne peut refuser. On le provoque ce mal mais c'est involontaire. On ne le voudrait pas, on s'en passerait volontiers. Mais il est là avec cette douleur qui l'accompagne, fidèle. Un événement même prévu, attendu, peut-être un déclencheur. Il est le point terminal d'une accumulation. Le terrain a été préparé, labour, semailles, engrais, pousse, récolte. Tout est là, le champ a été traité mais le vers, la moisissure attaque. Le chamboulement se confirme d'une intensité qu'on n'imagine pas.

Malgré ça, malgré tout, il y a un présent, vous le voyez, je suis là. Ce que je fais ? Assise dans ce fauteuil je vois tout. Mon monde a deux dimensions ici et ailleurs. J'ai circonscrit ces dimensions, je pense à ma douleur, je ne veux pas la réveiller. Ici, c'est chez moi pas plus. Ailleurs, c'est le monde de la fenêtre. J'en ai trois qui proposent des observations sensiblement différentes. Je me lève un peu pour aller voir les deux autres quand j'ai besoin de suivre. Sinon mon siège est bien suffisant. Non, je ne connais pas les gens que je vois. D'ici, je ne sais pas qui entre et qui sort, j'ai peu de bruit de couloir.

Il suffit quelquefois que mon attention m'échappe. Je

regarde et ne vois pas, ma vision n'est plus nette. Vous avez déjà fixé une image et réglé votre vue derrière, vous maîtrisez le focus, moi c'est pareil mais je ne gère plus et mon cerveau travaille au passé. Là, je sens la mâchoire qui se crispe, entrebâillant la bouche. Les mains agrippent les accoudoirs, les muscles se tendent, se contractent et me soulèvent d'un rien, la pression de l'assise diminue. J'ai découvert que nous avions des muscles à l'intérieur du corps car là aussi tout se serre. Je ne sais pas ce qui me fait revenir, peut-être le souvenir de ce mal que je ne veux plus ressentir ? Après la crise, j'ai besoin de monde, de personnes, de vie.

Mais je suis maintenant une inadaptée et ce monde que je côtoie est aussi déglingué que moi. Il semblerait qu'on s'attire comme les confettis sur une règle en plastique. Avec eux, je nous sens aussi insignifiants que ces bouts de papier ridicules. Qui puis-je voir dans ces moments-là ? Les gens ordinaires, normaux, sont chez eux, au travail ou en famille. Savent-ils que nous existons ? Mon monde est réduit à cette compagnie. Ils et elles sont là. On parle, on ne discute pas, on pérore, on assène des vérités, on n'échange pas. Je ne sais pas si on s'écoute, je n'en ai pas l'impression. On sait que nous n'avons pas d'avenir et pas en commun. Qui voudrait de nous et de nos cabosses ? Mais toujours en tête ce leurre qui ne berne personne, moi encore moins. À un moment, les vérités débitées au kilomètre sont épuisées. Le comptoir se vide. Un mélange de tristesse, de flou, il manque des morceaux. Le chemin du retour est mécanique. Au moins suis-je en vie. Elle fait peine cette vie. En rentrant, je regarde les gens. Je ne suis pas loin de mon fauteuil, c'est court, j'ai tout à portée de main et de pieds. Les passants, les quidams, je ne les dévisage pas, comme dans mon siège. Pourtant ils sont proches, on se frôle. Mais j'observe, je fouille, j'analyse. Si ma vie n'est pas grand-chose, quelle est la leur ? Croiser quelqu'un c'est rapide. Je prends des indices, les plus frappants. Vêtements, chaussures, sac, cabas, corpulence, cheveux, allure, posture, odeurs, effluves. Je me fais un film, un documentaire plutôt, qui sent souvent la misère, la richesse, la pauvreté, l'abondance, la bêtise et la laideur qui frappe tous et n'importe qui comme elle m'a frappée à presque m'abattre.

Je monte les escaliers après avoir ouvert la boîte que je vide de ses papiers indigestes. Les marches sont propres, elles ont été balayées, la cage a été repeinte, restent quelques senteurs synthétiques. Certains locataires ont déjà personnalisé leur porte, leur entrée. Comme partout ailleurs les décorations sont identiques, un rien seulement différent. Mais elle vaut avertissement, on comprend, c'est dit, on sait chez qui on arrive, quel style. J'ouvre ma porte.

Le mouvement pour arriver là a atténué ma tristesse. J'ai vu, j'ai pensé à autre chose. Il ne faut pas que je laisse mon gilet n'importe où, je dois le mettre à sa place comme les clefs. Il le faut, nécessité. Mais c'est dur. Je ne m'explique pas pourquoi sont si difficiles ces gestes pourtant si simples. Ils ne peuvent pas être automatiques. J'entre, je ferme la porte, je suspends mon vêtement au crochet, je mets les clefs dans la coupelle. Quatre gestes qui me demandent de la concentration. Je dois les faire, c'est un véritable effort. Je ne sais pas encore dire si maintenant c'est plus facile, je ne suis pas ici depuis assez longtemps. Toutes les tâches et les taches sont aussi consommatrices d'énergie, toute la propreté, tout le rangement. Oui, c'est propre et rangé mais avant chaque action pour cela il y a un travail sur moi comme une attente. Tout est faisable de suite mais je n'ai pas cette immédiateté. Je n'y arrive pas et ça me fait mal. Je lutte. Pourtant je l'ai eu fait sans difficulté, sans réfléchir.

Peut-être est-ce ça le bonheur, vivre tout simplement, n'avoir de perspectives que diffuses. L'au-delà de maintenant n'est pas formulé. Le futur est réduit à être là ensemble, sans construction, sans hypothèque ; on ne songe pas, on n'est que porté par la nécessité. Manger, boire, dormir, tout ça sous un toit. Puis les enfants, leur vie, l'école, les vacances. Cette nécessité n'est pas formulée non plus parce qu'évidente et tant qu'on reste dans cette évidence, tout roule. Les courses, les repas, la logistique, les amis, la famille, tout repose sur cet équilibre non dit. Mais quoi ? Sans vouloir, absolument, chercher un sens, sans que ce soit une quête, mais quoi ? Ce n'était pas un quotidien désagréable, il était sans question presque dilettante, mais expression d'une certaine vacuité. Nous sommes le centre de notre monde, tout gravite autour de nous, il y a une fierté à être aussi imbu de soi-même, le crétin c'est l'autre. Et un jour dans ce marasme, cette indigence intellectuelle je propose un truc inouï, impensable : arrêter de vivre à crédit et s'endetter pour une bonne cause, d'accord ? D'accord ! Objectifs, plan, trois ans pour tout solder, nouvelle vie. J'ai pensé, en fait j'en suis sûre, que la ruine de notre couple a démarré là. Pas de mon fait, il semble que mon partenaire, mon conjoint n'ait pas été capable de supporter ou de s'investir dans l'idée. Les raisons profondes et réelles restent encore un mystère, je n'ai pas trouvé d'explications, encore moins rationnelles. La douleur vient aussi de là, de ce moment-là. Déliquescence unilatérale de la vie de couple jusqu'à ce jour où le mal a été le plus fort. Le jeu était perdu et moi avec. Je ne raconterai pas les circonstances et les détails, ils n'ont pas grand intérêt. Je suis partie, je voulais mourir. Un seul remède, disparaître. Pouvait-il y en avoir d'autres ? Je sais je suis là maintenant, j'ai failli, je n'ai pas été assez forte. C'est difficile de mourir même si on le désire. Il y a une différence entre mourir et disparaître. L'un implique l'autre mais l'inverse pas forcément. C'est ce que je fais ici. Je sais bien que ceux de ma vie d'avant pour qui je comptais un tant soit peu ont toujours su où je me trouvais après « l'épisode ». Nombre d'entre eux m'ont oubliée aujourd'hui sauf ceux qu'on appelle la famille. À part un lieu, ils ne savent rien, j'ai disparu. Si j'existe toujours, je ne vis pas encore. Je fais vivre des gens, ceux qui me permettent d'exister mais personne n'est dans ma vie. Je ne veux personne. Je n'ai besoin de personne. Que j'aie quelque chose à apporter ? Une fonction d'utilité ? La proposition ne m'effleure même pas. Si, je justifie le travail et le salaire des gens qui gravitent autour de mon cas. Je préfère la compagnie intermittente des poivrots et des piliers de bar. Mon état n'attirerait que les compassionnels-compulsifs, les tarés de l'empathie, les « moi je vais te sauver par mes prières », pas une personne ordinaire. Normale. Je ne le suis plus, ordinaire. Comment peut-on l'être avec ce que je vis, handicapée du ressentir au romantisme cruellement ultra exacerbé ? Je ne suis plus qu'une statistique à la marge depuis que j'ai disparu.

Si je veux garder cette douleur, continuer de vivre ainsi ? Je n'ai pas de réponse. Certaines phrases, certaines expressions n'ont plus de valeur pour moi : plus tard, après je ferai ceci, demain… Mon existence n'a pas d'échéance. Elle est réglée sur un quotidien, une semaine, plusieurs, ce n'est pas un futur.

Je ne décide pas, je ne sais pas ce qui induira un changement. De ma vieillesse aux politiques publiques, le champ est large. Je suis la preuve qu'on peut vivre sans espoir, sans vision, parce qu'on ne sait pas. On me demande lors de séances d'imaginer. Je suis capable de dire, de parler d'avenir mais ces paroles n'ont pas de valeurs, elles n'engagent pas, rhétorique de sophiste.

Je n'ai parlé que de moi jusqu'à présent, de mon histoire, de ce que je ressens. C'est ce que vous vouliez, je crois ? Vous aurez compris que je ne vous demanderai rien sur vous, ni le pourquoi, ni le comment de vous. Vous avez remarqué aussi que je ne parle jamais du présent ? Si le passé engage l'avenir, le présent, lui, conditionne le futur et ça, je ne saurais le faire. Je voudrais reprendre mon train-train, mes routines, exister dans mon présent. Je ne veux pas risquer une crise. Je vous en prie, laissez-moi, partez, disparaissez.

Highnoon, 1949
© Dayton Art Institute, Dayton, Ohio, US

Highnoon

(Après-midi ennuyeuse)

J'attends.

J'attends et je m'ennuie.

Mon mari, Georges, gît derrière moi dans la maison alors que je suis sur le seuil. Je regarde avec indifférence ce paysage sous le soleil de midi. J'aurais préféré que cela se passe en début de soirée. J'aurais pu voir le halo de l'ambulance au loin.

Ma vie est depuis toujours une perpétuelle attente, un perpétuel ennui. Là, en ce moment, j'attends encore. J'attends les secours. Comment en suis-je arrivée là ?

Le désœuvrement, l'inaction. D'aussi loin que je me souvienne, j'ai toujours suivi, je n'ai jamais pris d'initiative. Ma mère faisait semblant de me proposer mais finalement, c'est elle qui choisissait. Tout en me laissant croire que c'est moi qui le faisais. J'obéissais à ma mère, peut-on faire autrement ? Ma parole, mes désirs n'étaient pas écoutés, pas entendus, n'existaient pas. J'attendais donc, après ses monologues, ses décisions. Et puisque mes mots étaient inutiles, ils ont disparu de l'expression de mes sentiments et de mes besoins. Les jours sans école, quand j'étais à la maison, si je n'avais pas d'occupations extérieures, je restais dans ma chambre. Mes poupées ne m'intéressaient pas. Les livres à ma disposition avaient été lus et relus sans le moindre plaisir ni la moindre conviction, pour tuer le temps.

J'entends au loin la sirène. Les voisins seront bien aise de savoir ce qu'il se passe ici. Cela ne concerne que peu de monde, l'habitat est dispersé dans sur cette côte. Ils font bien de se dépêcher, il semble ne plus respirer.

Je pense aussi à ma scolarité. Heureusement que l'établissement qui m'a accueilli de l'entrée à la sortie imposait l'uniforme. Heureusement aussi que je ne fréquentais que très peu de monde de mes différentes classes. Les goûts vestimentaires de ma mère n'étaient jamais dans l'air du temps. En uniforme, j'étais insignifiante, présente mais invisible. Les professeurs ne m'interrogeaient plus, lassés de la vacuité de mes réponses. Sans imagination, mes rédactions étaient désespérantes. Il y a un corollaire à l'attente : l'ennui. Ce sentiment est si présent en moi que je suis arrivée très tôt à ne plus l'exprimer. Je ne cherche plus à combler ce vide par une activité quelconque. Je divaguais dans mes pensées qui n'étaient pas des rêves mais plutôt des brouillards. Ceci quand je me retrouvais seule. En compagnie, je pouvais très bien faire semblant et passer pour une autre personne. On allait même jusqu'à trouver ma compagnie agréable. C'est comme ça que je me suis mariée. Avec Georges. Qui n'a pas comblé mes attentes, il ne les voyait pas, trop accaparé par ses affaires.

L'écho de la sirène rebondit sur la maison des Gardinet. Dans quelques minutes, elle sera là. Je ne suis pas retournée dans la maison pour le voir. À quoi bon ? Il ne bouge plus depuis un moment.

Lui comme moi ou lui et moi avons été incapables de faire des ou même un seul enfant. Pourtant il en avait besoin pour l'héritage. Il allait se perdre, se disperser. Lui, fils unique était le dernier détenteur de son nom. Ce nom qui allait disparaître tout comme la fortune de la famille accumulée depuis, depuis… Ces discussions étaient d'un ennui. Comme le sexe avec Georges. S'il y a une chose que je n'attendais pas, c'était bien ça. Le sexe m'a toujours profondément ennuyée. Pas de plaisir, sûrement frigide comme il disait. Alors pour ma tranquillité et la paix du ménage, je tenais bien la maison, nous invitions et répondions aux invitations, en faisant bonne figure, que rien ne transparaisse. La vie rêvée des bourgeois, des notables. Et pour faire comme tout notre monde, il a voulu sa résidence secondaire ici, au bord de cette mer froide. Il l'a eue, maintenant il y reste.

Ils sont là. J'entre, suivie de près par le médecin et des

brancardiers qui attendent les ordres. Georges est là, recroquevillé. Son visage exprime la douleur, les yeux grands ouverts. Le docteur se penche sur le corps. Il le positionne sur le dos. Son buste ne bouge pas. Il pose sa main sur son cou pour percevoir les pulsations du cœur, rien. Le brancardier prend un masque à oxygène, le pose sur le visage de Charles pendant qu'un massage cardiaque est pratiqué. Celui-ci dure un bon moment mais rien n'y fait. Le décès est constaté. Je n'ai pas bougé, j'attendais. Le docteur me regarde comme pour avoir une explication.

Mais je ne peux pas lui dire que je lisais dans le salon. Que Georges m'a appelée d'une drôle de voix, entre le râle et l'enrouement. Qu'il s'est approché du sofa en titubant avec un regard qui disait son incompréhension. Que je distinguais nettement les piques de douleur qui le lançaient dans sa poitrine et dans son bras. Qu'il a pris appui sur le fauteuil. Que je voyais bien que la vie le quittait quand il s'est écroulé. Que je suis restée assise à le regarder vivre les derniers soubresauts d'une crise cardiaque. Qu'une fois qu'il a été immobile et qu'il eut rendu son quasi dernier souffle, je suis sortie me promener, pour n'appeler les secours que bien plus tard, bien trop tard.

J'avais besoin de réfléchir. Il venait de se passer quelque chose d'extraordinaire. Pas la mort de Georges, non, mais je compris que mon inaction avait un effet sur les événements.

J'agissais sans agir. Non que je voulusse le voir mourir, mais cette nouveauté était trop forte. En agissant, je n'aurais pas attendu, alors qu'en attendant je faisais, j'agissais. Belle contradiction.

Le médecin me posait des questions. Mes réponses ne semblaient pas toutes le satisfaire. Pour la première fois de ma vie, je suis inquiète. Je ne vais pas m'ennuyer en attendant que le temps passe. Je vais réellement attendre quelque chose, ou mieux, quelqu'un, l'enquêteur. Le médecin aura certainement informé la police de ses doutes. Goberont-ils mes explications, sans témoin, sans preuve ?

Un meurtre par inaction. Ma vie sort enfin de son ennui.

Nighthawk, 1942
© Art Institute of Chicago, Ill., US

Nighthawk
(Le séminaire)

Le séminaire commençait déjà à être long, un peu trop long. Cette journée paraissait interminable, les intervenants abscons, à côté de la plaque et de nos réalités professionnelles. Ils ressemblaient à tant d'autres. L'organisation, elle, était parfaite. L'eau fraîche, le café, le thé, les biscuits animaient les pauses. Je crois que ce sont plus ces moments qui font la cohésion des équipes. Plus que les jeux de rôles à la noix qui nous étaient proposés.

Deuxième jour sur trois puis retour à la maison pour le week-end, et au boulot. Fin de la pause du matin, on rentre dans la salle, juste un petit manque d'attention et une, des portes battantes, se referme sur moi. Je mets la main, je m'écarte et bouscule un collègue. On se sourit, on s'excuse, on se gêne, derrière ça pousse, on avance et nous reprenons tous notre siège.

Où est-il ? Qui est-il, ce bousculeur, ce bousculé ? Pour moi tous les hommes sont un peu invisibles, gage d'une certaine tranquillité, plus encore entre collègues. De ma place je fais le tour de la salle. J'essaie d'être discrète, on est là pour travailler. Nous ne sommes pas si nombreux que ça, le tour est vite fait. Je le vois. Nos regards se croisent. Nous nous sourions une nouvelle fois. Puis, comme un jeu anodin, nos regards oscillent entre les animateurs, le tableau, les autres et nous.

Midi, nous laissons nos affaires dans la salle. Ensemble, comme une équipe nous allons déjeuner, cohésion oblige, il faut la jouer « corporate ». Nous avons (lui ou moi je ne sais pas) fait bien attention de nous retrouver de concert dans la porte, suite du jeu de touché d'épaule. Le repas se passe à parler boutique, objectifs, statistiques, boulot. Il est assis derrière moi, par deux fois sa chaise a légèrement heurté la mienne, pour s'approcher et murmurer des excuses. Petite pause digestive avant la reprise. Le café serré est une nécessité absolue avec ce qui nous attend. J'espère que l'intervenant sera performant et qu'il saura nous éviter les micro-sommeils intempestifs. Le bousculeur-bousculé a dû voir mes bâillements, il m'offre une deuxième tasse, sans sucre, merci, sourire.

Le groupe est un peu plus dispersé qu'à l'aller, les ventres plus rebondis, les cravates plus défaites. Il est un des rares minces dans ce lot bedonnant. Nos pas sont presque réglés. Lentement, la porte s'approche. Épaule contre épaule nous tentons de rentrer. De justesse, il se glisse derrière moi pour me céder le passage, « après vous, je vous en prie. » Voix douce, il a prononcé plus de deux mots, il n'est pas de ces gens qui monopolisent l'attention.

La digestion est laborieuse. Le jeu continue avec un plus qui me fait sourire. Tout le monde, semble-t-il, est absorbé par le sujet abordé, sauf nous. Il en profite pour imiter les pauses des participants, leur gestuelle, leurs mimiques. C'est discret, c'est fin, c'est drôle. Pause libératrice. Cette porte est définitivement un lieu de rencontre de moins en moins fortuite. Vite, les toilettes. Mince, séchoir en panne, je sors les mains trempées. Il devait le savoir, il me tend une serviette en papier salvatrice. Nous échangeons quelques mots, ceux-ci nous donnent rendez-vous à la porte, dans la salle mais surtout nous invitent à en dire d'autres à la fin de cette journée. Ses mots demandent d'accord ? Les miens répondent avec plaisir.

Les repas du soir sont pris par petits groupes d'affinités, petite liberté. Ce n'est pas dit mais notre rendez-vous doit rester secret-discret. Au sein d'une institution ou une entreprise, les ragots vont bon train, nous n'avons pas envie de faire partie des wagons. Mon dîner est vite expédié, je mange léger le soir. Retour à la chambre, je croise deux, trois séminaristes. Bonsoir ou bonne nuit de circonstances. Je me prépare pour une rencontre nocturne. Il y a bien longtemps que cela ne m'était pas arrivé. Le radiateur de la salle de bain est en route. Quelques habits un peu plus élégants sont posés sur le lit. J'ai envie de passer une bonne soirée, je dois au moins soigner mon aspect, à défaut de cacher les apparences. Il m'a déjà vue, on se connaît professionnellement mais ce soir j'aimerais plaire un peu plus. Sur le couvre-lit ne se trouve pas exactement ce qu'il me faut mais une femme a toujours une valise plus grosse que celle d'un homme, donc, cela devrait aller. Robe rouge, manteau, chapeau, une trilogie qui peut faire son effet, j'espère. Eau tiède, savon, rinçage, essuyage. La buée recouvre le miroir, la serviette l'efface, maquillage, je veux me voir sourire. Mon corps peut être aimé, j'essaie de le mettre en valeur. Je passe mes vêtements, rectifie le teint et finis par un soupçon de parfum. Je suis parfaite.

Le rendez-vous est prévu dans un bar non loin de l'hôtel. Un peu de marche, même en escarpin, me détendra. J'arrive la première, je n'aime pas être en retard. Peu de monde se trouve là, le barman et une personne à une table, on dirait qu'il va fermer. La lumière est crue. Je me dirige vers le comptoir et m'installe au bout. En me tournant discrètement je peux guetter son arrivée. J'ai hâte. Je regrette mon défaut qui maintenant me fait trépigner d'impatience. Je fais tout pour ne pas le montrer. Le barman, tout en essuyant un verre, s'approche. Que vais-je prendre ? Une bière ? J'aurais trop besoin d'uriner. Un whisky ? Trop alcoolisé, je tiens à rester sereine même si mon fond veut le contraire. Ce sera un Martini s'il vous plaît. À peine ai-je le verre à la main que je sens mon épaule doucement heurtée, quelques gouttes ont failli tacher ma robe. Je me tourne presque en colère pour invectiver ce malotru, mais je reste muette, c'est lui !

Mon impatience se change immédiatement en légère excitation. On s'est vus toute la journée mais le cadre est différent. On doit se saluer, on se serre la main comme des collègues de travail, on se fait la bise ? À son initiative se sera un frôlement de joue, une seule. Je sens qu'il s'est rasé. Quand il recule pour prendre un siège je vois qu'il s'est apprêté, chemise propre, costume, veste, chapeau, « old school », beau. Je souris, nous sommes plutôt raccord, de bon augure, je pense. Nous restons au bar, le serveur après avoir posé un verre de whisky s'éloigne et s'active à l'autre bout du comptoir. Nous pouvons nous livrer, nous raconter. Galant, il me laisse parler. Le tour de ma vie passée est rapidement fait et l'actuelle, de nouveau célibataire, avec le retour chez mes parents est plus rapide encore. Je sens qu'il a envie-besoin de parler, de dire sa femme (je savais déjà qu'il était marié) merveilleuse, ses enfants merveilleux, le foyer merveilleux aussi. Les anecdotes familiales sont drôles. On y sent la bienveillance, l'amour. La partie de colin-maillard dans le jardin du pavillon de banlieue (pas de soucis la piscine est clôturée) que de fous rires. Le

Cluedo sur la table basse du salon, le feu qui crépite dans la cheminée. Le gâteau fumant du dimanche après-midi fait à quatre, six, ou huit mains. Sans oublier l'office chantant du dimanche matin chacun revêtu des habits de circonstance. C'est charmant.

Mais le sourire du début du récit fait peu à peu place à un visage neutre, comme une lecture sans ton, automatique, mécanique, sans lien avec l'histoire. La stature droite, fière, face à moi se courbe, un coude se pose sur le bar. Garçon, la même chose. Deuxième verre. Il en profite, chez lui il n'y en a pas, sa femme le lui interdit. Il sait que c'est pour son bien, ligue de tempérance oblige, ça lui va. « Et puis un seul salaire même de cadre pour une famille qui veut bien paraître, c'est court. La comptabilité doit être tenue sévèrement. Pas de jeu, pas d'extra, pas de folie. Donc des heures sup qui me font arriver bien après le retour de l'école des enfants. Grand bien me fait, je n'ai pas à écouter leurs jérémiades post cour de récréation. Il m'a tiré les cheveux, il m'a fait tomber, la maîtresse a rien dit et gnagnagna. Parce que les enfants il faut les écouter, les faire parler de leurs journées. Je leur raconte les miennes moi ? Et puis les devoirs, satanés devoirs. Heureusement, leur mère s'y colle. Il en faut de la patience. C'est sa croix mais elle a l'air d'aimer ça, du moins c'est ce qu'elle dit. Bien qu'elle pense et qu'elle dise que je devrais être plus présent à cette tâche, il est vrai que je l'évite consciencieusement. »

Les deux coudes sur le bar, il ne me regarde plus, il ne me voit plus. Il suit la coulée de liquide dans son verre, le troisième. La voix et l'intonation ont changé. Il est toujours bel homme mais son intérieur ne correspond pas. Je le questionne, non que je veuille aller au fond de lui mais qu'en est-il vraiment ? Il est désolé, c'est la première fois qu'il se conduit comme ça. Tout en éclusant son alcool, il reprend. « On s'est marié juste après le lycée. Comme deux cons immatures. Elle arrête sa première année d'université pour s'occuper de notre premier enfant. Un rapport sexuel, un enfant, plus quelques autres pendant la grossesse parce que sans risque, mais pas pour l'enfant dans mon ventre tu comprends, qu'elle disait. À peine un autre pour l'autre gamin et c'est tout ! Elle a le physique, l'enveloppe d'une femme mais c'est une sainte, pas une épouse et je sacrifie ma bite sur son autel ! »

Dernière gorgée. Le quatrième verre est avalé d'un trait debout face au comptoir. Il n'est plus maître de lui-même. Son état ne lui permettra pas de regagner sa chambre d'hôtel. Il marmonne des mots décousus de sens pour les présents dans le bar. Moi j'entends sa peine, son désarroi, son impossibilité de se réaliser en tant qu'homme, physiquement et physiologiquement.

Je vais le soutenir pour rejoindre l'hôtel. Les rares regards qui se portent sur nous sentent certainement la désapprobation. C'était un bar classe, ici pas de poivrots, être saoul en discrétion et retenue. Ils jugent mais ne savent rien donc, qu'importe, du moment qu'ils se taisent. Tout comme le serveur que j'attire pour régler, air impassible, ça fait tant, il en a vu d'autres ici ou ailleurs. Je paye…

L'air extérieur et le soutien de mon épaule calment mon compagnon. Il reprend un peu de lucidité. L'alcool n'a pas disparu mais quelques ressorts de son cerveau fonctionnent de nouveau et ont repris le dessus. La voix n'est pas encore très sûre mais le propos semble sincère. Il reprend de la prestance. J'avais aimé qu'il se dévoile et montre sa fragilité. J'apprécie encore plus ce moment de vérité. « Je suis désolé, je me suis conduit en abruti, un gros lourdaud. Comme charmeur, on fait mieux. Quel homme fort, viril et sûr de lui je fais ! Tu dois me mépriser maintenant… Je peux te demander une chose ? Que cela reste entre nous. C'est peut-être ou sûrement idiot mais l'image de respectabilité que l'on donne est importante dans notre entreprise. Toi-même tu as cette image et nos supérieurs aiment ça… On est arrivés. Le gardien n'est pas à son poste et les autres stagiaires sont sagement dans leur lit… J'aimerais te raccompagner à ta chambre. »

J'avais peur qu'il ne le propose pas. Dans l'ascenseur, nos

corps ne sont plus côte à côte. Je ne le soutiens plus depuis un moment. Sa main est posée au creux de mon épaule et de mon cou, son pouce caresse légèrement ma nuque, son bras dans mon dos, un pied entre les miens, sa stature prend un peu plus possession de moi. L'étage arrive. On se décolle pour rejoindre ma chambre. Face à la porte, je cherche la clef, un peu nerveuse. Il se place derrière moi. Sa main a quitté ma nuque, la voilà sur ma taille. Le temps d'ouvrir, sa deuxième main a dégagé le manteau et se retrouve à la ceinture de ma robe. Il m'attire vers lui. Clef dans la serrure, je la tourne, grâce à un tout juste perceptible balancement de mon corps, mon dos caressent son buste et mes fesses caressent son pantalon.

Dommage seulement deux tours. Il est des moments où l'on regrette que les serruriers ne sachent compter que jusqu'à deux. J'aurais aimé insister sur trois, quatre, dix tours. Ouverture de la porte, quelques pas dans le couloir qui nous délivrent de nos manteaux, salle de bain à droite, placard à gauche, la chambre au fond, j'avais laissé une veilleuse. Une petite lumière propice à l'amour. On est face à face, comme une indiscrétion, on s'occupe mutuellement de nos vêtements. Sans se presser, les boutons se défont. Il reste des effluves de la douche et du parfum. On sent bon. Il n'y a pour le moment que nos habits qui ont caressé nos corps. La peau apparaît. De concert, le bout de nos doigts nous frôle. Il me soulève le menton pour diriger ses lèvres vers les miennes. Premier baiser. Il reste sensuel et discret. J'aime son goût suave et un peu cette lenteur. Je préférerais presque aller plus vite pour qu'il y ait d'autres fois après la découverte. Nous ne sommes plus recouverts de grand-chose. Il y a le visible et le caché encore pour le moment, nos lieux d'extase, nos sexes. Il se dégage de moi, écarte les draps du lit et m'y invite à le suivre. Je me glisse à son côté. Je suis un peu au faîte de mon excitation. Tout cela reste quand même très traditionnel, mais pourquoi pas ? Il éteint la lumière, enlève mes derniers obstacles. Mes seins reçoivent ses mains et sa bouche. C'est doux, c'est bon. Je le sens descendre explorer mon corps, rejoindre le bas. Il a une grande agilité à donner du plaisir. Mais ce n'est pas celui que j'attendais, il n'est pas suffisant, pas plein. Me connaissant, ses doigts et sa langue ne remplaceront pas son sexe. Je prends l'initiative, je le fais sortir des draps. Avec le peu de lumière traversant les volets clos, je distingue à peine son ombre. Il est silencieux mais je sens comme une sorte de réticence, un micro-recul, il ne s'est pas abandonné. À mon tour d'être sous les draps. Je baisse son caleçon et lui prodigue des soins buccaux identiques mais…

Mais autant je suis excitée, autant son érection est molle. Le stress, l'alcool, j'ai déjà vu des hommes qui pouvaient perdre leurs capacités et j'ai toujours su les faire revenir. Là, rien ! Pas de réaction malgré toutes mes caresses ! Il est impuissant ! Il ne bandera pas !

Je soulève les draps, cherche l'interrupteur. Le cru de la situation explose. Je suis nue, à genoux sur le lit. Il est resté allongé, la tête ostensiblement tournée vers la fenêtre, son sexe pendant dépasse à peine du caleçon, intimité ridicule. Je le toise, tous mes besoins, toutes mes attentes, toutes mes envies ont disparu, hébétée, mutique du constat. Il ne me contredit pas c'est donc vrai. « Je suis désolé. » Il dit ça au mur, pas à moi, il n'a même pas bougé pour le dire. Il se lève, referme son caleçon, enfile rapidement son pantalon, sa chemise et ses chaussures, prend le reste sur son bras, me regarde enfin, « pardon ! » Il disparaît.

Entre la découverte de son impuissance et son départ je n'ai pas bougé, stupéfaite, extatique. Même le claquement de la porte ne m'a pas sortie de cet état, trop de choses dans mon esprit, trop de connexions simultanées. Au moins, faire un mouvement pour retrouver le fil et remettre de l'ordre dans les événements. D'abord quitter cette position. Je me redresse hors du lit. Ma nudité me gêne, comme une protection, d'un geste automatique mes mains cachent mon intimité. Je me dirige vers le placard, prends une chemise de nuit. Je me retourne vers la salle de bain. Le miroir au-dessus du lavabo me raccroche au réel. Oui, c'est bien moi qui suis là. Une pause, une respiration, de l'eau fraîche, deuxième respiration profonde, les questions et les réflexions commencent à s'ordonner dans ma tête. Je retourne dans la chambre. Je laisse en passant mes vêtements du soir par terre, témoin de l'inimaginable.

Parce que, ce n'est pas qu'il soit impuissant le problème, c'est une maladie, mais c'est toute la chanson, tout le numéro qu'il m'a servi connaissant son état. Si j'ai répondu et si je suis rentrée dans son jeu de séduction il en est l'instigateur. Je ne lui avais, comme à personne, montré quelques dispositions à une rencontre ou une aventure. Pourquoi alors ? J'étais un test ? Son discours sur sa femme, ses enfants, sa « bite », que vaut-il ? Ses enfants d'ailleurs, sont-ils les siens ? Je peux comprendre et accepter ce qui frappe toujours injustement les personnes, on ne peut trouver des responsabilités sinon l'imperfection manifeste de l'espèce humaine. Un mal le frappe, d'accord. Mais là, à part avoir une forme de perversion sévère, que cherchait-il ? Peut-on penser qu'une femme soit assez bête pour ne pas s'en apercevoir ou gober une excuse bidon ? Mais toutes ces pensées et ces réflexions n'avaient finalement qu'une importance relative. Il y avait encore un jour de séminaire et il nous faudra, de retour dans l'entreprise, travailler ensemble. J'entrevoyais là le commencement possible de soucis potentiels. De fait non. Comme nous avions été particulièrement discrets, personne n'a rien su de nos activités nocturnes. Personne non plus n'a rien remarqué ce jour-là, à part quelques cernes sous mes yeux, mal dissimulées par le maquillage qui ont éveillé la curiosité ou la compassion de certains, rien de méchant. Lui est égal à lui-même, rien ne le distingue des jours précédents. J'en conçois un soulagement qui dégage mon esprit de ce questionnement encombrant.

Fin de stage, pot de départ, embrassade, re-cohésion de groupe, resserrer les liens, les troupes sont regonflées, le moral est au beau fixe pour le plus grand bonheur de l'entreprise qui compte bien toucher un retour sur investissement et à lundi pour appliquer toutes les recettes fraîchement apprises.

Reprise du travail, le bureau, les collaborateurs ; le séminaire s'éloigne. Les obligations de service font que lui et moi nous nous croisons quelquefois. Tout va bien. Mais au fil des jours, je vois que les hommes que je croise parlent de moi en me regardant. Quand je suis là, les conversations professionnelles ou amicales prennent des tournures triviales, des allusions intimes apparaissent. On m'évite ou on me siffle discrètement. Je deviens progressivement une pestiférée au restaurant d'entreprise. J'ai laissé faire pensant que ces ragots, comme nombre de rumeurs, s'éteindraient d'eux-mêmes. Bien au contraire, la loi du genre ne fut pas respectée. Hommes mariés ou célibataires arguant de ma réputation et en évoquant des détails de mon anatomie qu'ils ne devraient pas connaître me font des propositions indécentes. Je comprends tout. Ce pervers m'attaque, me salit gratuitement. Il ne peut pas éjaculer mais il déverse sur moi un flot de haine et de médisance. Il a peur de quoi ? Je n'ai parlé de rien à personne. Je cherche à le voir mais il est soit invisible, soit accompagné, impossible de discuter. La vie ici est devenue l'antichambre de l'enfer. Personne pour me soutenir, travailler devient très compliqué. Danger supplémentaire, la rumeur est obligatoirement déjà arrivée à la direction.

Puisque je ne peux pas le voir ici, j'irai chez lui. Je sais où il habite. Je suis passablement nerveuse. J'ai pris un jour de congé. Je sais que ce jour-là il est souvent en déplacement, j'imagine plutôt voir sa femme. En approchant de sa résidence l'inquiétude augmente, par moment mon corps est parcouru de tremblements. J'ai encore quelques hésitations, des doutes sur ma démarche, il est encore temps de faire demi-tour. Non, la voiture glisse doucement dans les rues, je guette le bon numéro, tout ici se ressemble un peu. C'est propre, silencieux, avec des maisons d'un certain volume et les taches bleues des piscines. Presque aucune voiture, tout le monde est au travail ou en cours, sauf trois garées dans une allée devant un garage fermé. Je les dépasse. Stop ! C'était là. Je me rapproche du trottoir en reculant, je descends et trotte décidée vers la maison. Je fais sonner le carillon. Pourquoi trois voitures ? Sa femme, sûrement. Lui ? Il doit normalement être en déplacement, mais l'autre ? Ils n'ont pas d'enfants en âge de conduire. Je suis sur mes gardes. La porte à la vitre opaque me permet de distinguer une ombre qui vient. Je l'entends glousser. Instinctivement, je me recule. L'ouverture laisse apparaître dans l'entrebâillement la tête d'une femme les cheveux ébouriffés, le corps restant caché par la porte. Je la suppose être sa femme, nous ne nous connaissons pas. Elle me questionne sur ma présence. Je ne réponds pas, trop étonnée de la situation. Une voix derrière vient aux nouvelles. La scène est maintenant complète. Elle tenant pour seuls habits une serviette sur ses seins, lui, oui lui ! En survêtement, un caméscope à la main et un homme au loin qui déambule nu, le sexe proéminent.

Qu'espérais-je en venant ici, des réponses, des explications, une mise au point ? Je repars vidée, lessivée, dégoûtée en entendant ce rire furieux, sardonique qui m'accompagne à la voiture. Demain, je démissionne.

Les hommes sont trop cons et les femmes sont complices.

Approaching a city, 1946
© Whitney Museum of American Art, New York

Approaching a city
(Dystopie)

Le voyage avait été long depuis la côte. Je savais que le plus court était de suivre les rails. La route aurait été plus confortable mais plus dangereuse aussi. Il restait quelques survivants avec des réserves d'essence. Depuis longtemps maintenant, les magasins avaient été pillés, les produits consommables avaient disparu, un marcheur avait forcément du ravitaillement sur lui, il faisait une proie potentielle. S'il y a eu des péripéties et des rencontres durant mon voyage, je ne fus guère étonné de trouver une ville vide, silencieuse. Plus aucun occupant, elle avait perdu sa raison d'être une ville. Tout ce qui devait se mouvoir, se déplacer ou permettre les déplacements était immobile, figé dans une ultime inutilité. Trains, métros, voitures, vélos, motos jonchaient le sol, il n'y avait plus personne pour les utiliser. Je fus étonné de ne trouver que peu de cadavres par rapport au nombre de véhicules immobilisés. Fatigué par la marche j'ai cherché un endroit où me reposer. En continuant sur les rails, j'étais sûr d'arriver à la gare et de trouver un hôtel. Ce soir, ils n'auront qu'un seul client. Vu le nombre de personnes dans la cité, on passe des nuits tranquilles, j'ai même trouvé une chambre qui n'avait jamais été utilisée depuis les événements. Le réveil du matin, par votre faute, fut plutôt brutal. Bruits, lumières, vibrations, tout y était. Je n'ai pas eu peur, tout au plus une petite interrogation, le virus émousse les sentiments. Votre atterrissage fini je suis allé à votre rencontre.

Le C.C.C.P.E.E.E.C.P (Comité Central Consultatif Permanent d'Évaluation, d'Expertise et d'Enquête Concernant les Exoplanètes) était assez tatillon quant à ses prérogatives et nos missions. C'est pourquoi il demandait des rapports détaillés et circonstanciés. En l'occurrence, il est vrai que la solution que nous avons adoptée n'a reposé que sur un seul témoignage. Ce qui nous est reproché actuellement.

« Missionnaires, j'espère que vous avez autre chose à nous montrer ?

- Bien sûr. Tout le témoignage a été enregistré et j'ai mis des titres aux documents pour plus de clarté.

- Voyons ça.

<u>Genèse</u>

Ce qui nous arrive est difficile à comprendre, c'est vrai. Depuis le début de l'humanité, les ancêtres de l'homme (le genre Homo), puis l'Homme (homo sapiens) ont su se développer, s'adapter. Tant il a mis au pli la nature et lui-même au passage, que des scientifiques ont nommé notre époque l'anthropocène, c'est dire. Mais là, ce virus a maximisé notre propension au combat, à l'asservissement, à la mort. En même temps, il a presque complètement émoussé notre capacité de compassion et d'empathie. Le virus a mis du temps à se répandre mais personne n'a su l'arrêter. Son apparition est un demi-mystère. On a la quasi-certitude qu'une entreprise de génie génétique, Monsantau, en est à l'origine. En toute discrétion, elle a proposé d'essayer de nouvelles semences et les fertilisants adéquats dans un village pauvre du continent indien. Les villageois n'ont pas pu refuser cette aubaine. Pour une raison totalement inconnue, il y a eu une mutation qui a provoqué la naissance du virus. On a fait le lien entre l'entreprise et ce village parce que c'est là que tout a commencé, malgré les dénégations de la direction de Monsantau (ce fameux fabricant de produits chimiques *parfaitement sains*), habituelles comme à chaque nouvelle accusation, la corrélation était très claire. Il a mis du temps à se répandre mais surtout rien n'a pu l'arrêter. Ceux qui ont tenté de l'étudier ont vite été contaminés ou tués par leurs collaborateurs ou des militaires à qui ils présentaient l'avancement de leurs travaux. Car ceux qui ont fait le plus de mal se sont les militaires. Ce sont eux qui ont le plus d'armes. La curiosité c'est qu'aucune arme de destruction massive n'a été tirée. On pense que le virus fait perdre tout sens de la communauté, l'homme ne se focalise plus que sur lui-même. Les présidents et autres dictateurs étaient sûrement déjà atteints, heureusement. Donc les militaires s'entre-tuèrent puis les civils quelles que soient les frontières et les pays, cela ne comptait plus. Sans canon, à l'arme légère. Pour tuer, il faut voir la personne à abattre. C'est pour cela qu'il a fallu un certain temps pour que nous ne soyons plus que quelques-uns. Les campagnes se vidant, je viens à la ville. Je comptais l'explorer pour la nourriture, trouver une pharmacie, des produits pour aseptiser l'eau. Puis j'ai des petits moments de lucidité. Peut-être y a-t-il d'autres moi ici ou ailleurs. Notre corps peut s'adapter au virus et, comme toute extinction de masse auparavant, peut-être pourrons-nous repartir vers une humanité nouvelle. »

Illustration

Si je dois tuer je le fais. Pas par plaisir mais sans regret ni remords. D'ailleurs, il y a deux jours j'étais en chemin pour venir ici, le relief était vallonné, après un virage j'aperçois une bâtisse avec un passage à niveau et une route qui croise les rails. Les mauvaises herbes avaient pris possession des lieux.

La maison avait les volets mi-clos. Un mur d'enceinte partiellement écroulé limitait cette ancienne propriété. Le grillage qui le prolongeait était troué par endroit, laissant des buissons de ronces s'échapper vers ce qui avait été un champ. C'est peut-être l'odeur qui m'a mis en alerte. Mon pas s'est ralenti et je me suis concentré sur mon odorat. De fait, il y avait une très légère différence avec les sensations dix ou vingt mètres avant. Puis un bruit. Un volet qui claque et qui se tait au lieu de battre dans le léger coup de vent. Il y a quelqu'un là-dedans. Mes sens sont aux aguets, mon corps prêt à un mouvement réflexe, instantané. Les yeux, après la vision d'ensemble, scrutent les caches possibles, ils sautent d'un point à l'autre, repérant au passage les abris potentiels. Je continue à marcher comme si de rien n'était. Ils ont l'avantage du terrain, je suis à découvert. J'ai l'avantage d'être moins atteint, mais eux sont peut-être comme moi. La méfiance est décuplée. Mon pas ralentit mais reste régulier. Je ne dois pas attirer l'attention. Ils ne doivent pas penser que je sais qu'ils sont là. L'odeur est plus présente, elle est agréable, appétissante. Ne pas se laisser distraire. Dix mètres du mur. J'entends un roulement de caillou. Je plonge dans les herbes. Une silhouette s'encadre dans un trou du mur, elle me cherche mais pas dans la bonne direction. J'ai tout mon temps pour viser, tirer, tuer. Des mains poussent les volets de l'étage, nouvel encadrement, nouvelle visée, nouveau tir, nouvelle mort. J'attends un moment, plus rien ne bouge. Je me lève, m'approche. Je n'entends que quelques sanglots dans la maison. Je rentre avec prudence, monte l'escalier, un enfant pleure devant un cadavre, je l'abats. En bas dans la cuisine je vois un faitout, y cuit un ragoût où flotte un membre, un bras quoi. Je ne mange pas ça, un coup de pied et tout valse au sol. Je fouille méthodiquement la maison, il n'y a plus grand-chose à prendre. Je reprends mon chemin vers la ville.

(Le témoin s'interroge.)

C'est drôle, j'ai toujours pensé qu'il pouvait y avoir de la vie extraterrestre, les exoplanètes en étaient la preuve. J'ai aussi beaucoup lu de récits de ce que nous appelons la science-fiction, rares étaient ceux qui imaginaient la terre dans son état actuel. Non, l'homme avait une mission civilisatrice alors qu'il était incapable de vivre en paix avec son voisin, quelle que soit l'échelle du voisinage, de la maison au continent en passant par le pays. Mais au fait, que faites-vous ici ? Il y en a d'autres comme vous sur la terre ? Vous pouvez nous aider ? Vous pouvez nous guérir ? Je crois que la leçon a été retenue, on ne fera pas les mêmes erreurs. S'il y a une possibilité que l'homme change ? J'ai des doutes mais il peut apprendre. Et oublier tout aussi rapidement, c'est vrai. Je comprends, vous êtes là pour éradiquer les parasites, vous êtes des sortes de jardiniers cosmiques.

Une déflagration, notre témoin s'écroule. En tombant, il saisit son arme et tire en retour. Deux morts. Nous avons assisté en direct au problème terrien.

Le responsable du C.C.C.P.E.E.E.C.P fait un peu la moue :

« Je vois et je comprends mieux votre dilemme. Vous me rappelez ce que vous avez fait ensuite ?

— Ben, nous avons sécurisé la planète pour tous les êtres vivants qui s'y trouvent encore en la survolant, et en lançant une analyse. Après, nous avons confiné toutes les centrales nucléaires, bouché tous les puits de pétrole, libéré l'eau des barrages, supprimé ce qu'il restait d'humain, sauf un petit nombre qui ne semblait contaminé ni par le virus ni par la technologie qui se trouve au cœur d'une forêt qu'ils appellent l'Amazonie. En Australie aussi mais dans un désert.

— Parfait. Vous avez bien mené votre première mission. On n'imagine pas toujours ce qu'une espèce "intelligente" peut faire comme dégâts. En les supprimant, vous avez pris la bonne décision. Vous pouvez rejoindre votre unité.

— Merci. Nous espérons que la prochaine mission sera plus simple. »

Excursion into philosophy, 1959
© Private Collection Edward Hopper

Excursion into philosophy
(Philosophie pratique)

J'ai réussi à te monter jusqu'à la chambre. Transporter une morte n'est pas une chose facile. Le corps est mou, pire qu'un sac. Et puis, mon amour, tu fais ton petit poids quand même. Ouvrir la portière de la voiture, éviter que tu ne tombes. Mais avant, il a fallu prévoir d'ouvrir toutes les portes de la maison jusqu'en haut, dans la chambre. Prendre tes mains, me baisser, te faire pivoter afin que ton buste soit sur mes épaules, t'agripper, mettre toutes mes forces pour, finalement, te déposer sur le lit. Le sang qui s'écoulait de ta tête blessée avait fini de tapisser de son écarlate noirceur les garnitures de la voiture. Il était presque sec, il ne m'a pas taché.

Te voilà les jambes ballantes. Il me faut te préparer à dormir. Te déshabiller, te laver, te vêtir d'une nuisette, te coiffer et t'installer pour ce dernier sommeil, pour un moment encore sans moi. Tu es face au mur dans la position que tu aimais. Ne suis-je pas ridicule, moi qui ne crois pas à l'éternité et surtout pas à celle de l'âme, de te préparer de la sorte ? J'ai seulement de la décence pour le corps humain. C'est l'être que je respecte, il reste dans mon souvenir, il mérite tous les égards. Ton esprit n'existe plus. Les deux nôtres ne se rejoindront pas à mon décès. C'est pour cela que je n'ai plus envie d'exister. La vie sera impossible sans toi et sans partager ce en quoi nous avons cru. Nous voulions vivre en adéquation avec nos idées, nous savions que celles-ci nous faisaient prendre des risques.

Pour ce qui fut notre dernière expérience, nous avions loué une chambre dans une petite ville cossue de l'ouest, en face d'une bijouterie qui exposait ses richesses avec ostentation. Quelques jours ont suffi pour appréhender le meilleur moment, celui sans client, à la fermeture. Je stoppe la voiture un peu avant la boutique. Il est presque l'heure. Le vigile se retourne et ouvre la porte. J'avance pour être pile devant. Nos armes sont chargées. J'ai acheté une massette que je peine à dissimuler sous mon manteau, elle me gêne pour sortir de la voiture. Il est à l'intérieur, la porte n'a pas fini de se fermer. Le maîtriser ne sera qu'une formalité. Nous entrons l'arme au poing, effet de surprise total, celui escompté. Louise braque le front du vigile avec son canon. D'un coup violent, je brise la vitrine du comptoir. Effrayé le patron se recule du coffre, il n'a pas le temps ni le réflexe de le refermer, il est aussi trop loin du bouton d'appel de la police. La chance nous accompagne. Je me déplace vers lui, les débris de verre crissent sous mes pieds. Bonnie a toujours le gardien, maintenant inutile, en joue. Elle ne le quitte pas des yeux. Je fais s'allonger le patron face contre le sol. Un sac est vite rempli de billets et de bijoux. La vitrine brisée apporte son lot. Je ne prends pas tout, il faut faire très vite. Avec la surprise, c'est notre véritable atout. J'ai le sac solidement en main. La porte de la bijouterie est tenue ouverte par le pied de Bonnie. En sortant je l'attrape par le bras, elle a fini son travail mais ne quitte sa cible que dehors. Nous fonçons vers la voiture. Le moteur tourne. On s'installe. Le vigile apparaît sur le seuil. Il nous vise. Elle ne l'a pas désarmé ! Une seule détonation, son calibre a dû s'enrayer. La vitesse est enclenchée, j'accélère à fond. Les pneus ont du mal à s'accrocher au bitume, ils fument et dégagent leur odeur caractéristique. La sortie de la ville et la délivrance ne sont pas loin. La police n'est certainement pas encore prévenue de ce qu'il s'est passé. Au premier virage à droite un peu serré, Bonnie glisse vers moi, elle n'a pas mis sa ceinture. Je la repousse mais elle ne fait aucun effort pour se remettre à sa place. Sa tête et son buste se penchent en avant. J'ai du mal à garder la direction, un automobiliste me klaxonne. Avec Bonnie dans cette position je peux voir la portière et le dossier du siège. Ils sont rouges, maculés de sang. Là, un bâtiment abandonné, j'y engouffre la voiture. Je veux être sûr. Je pile, un nuage de poussière nous enveloppe. Bonnie a encore glissé vers l'avant. Je la redresse pour lui parler. Elle a la bouche et les yeux ouverts, du sang coule de sa tempe. La balle est entrée dans son crâne. Elle n'a pas eu le temps de comprendre ou de sentir quelque chose. Une mort instantanée. Hébété je sors de la voiture. Mes jambes flageolent. Je ne peux que m'asseoir puis m'allonger. Un monde se termine. Mon cœur et mon esprit sont concentrés sur la douleur de la perte. Plus rien ne peut fonctionner. De tout mon long sur le sol, les yeux fixés sur la charpente pendant que la poussière retombe, la nuit et sa noirceur prennent possession du lieu, parfaites compagnes du moment. La fin fait son devoir de mémoire.

Je n'avais pas très envie de retrouver du travail. Ce monde ne me convenait pas. Je sentais le besoin d'armer mon discours d'arguments forts et indiscutables. Il y avait une université qui proposait un cycle de cours d'introduction aux concepts politiques contemporains, du libéralisme à l'anarchie. J'y étais inscrit en tant qu'auditeur libre. Les professeurs étaient pour la plupart passionnants. Je ne voyais pas vraiment les étudiants, ils restaient le plus souvent entre eux et je les trouvais bien jeunes. Un jour, j'arrive en retard, chose exceptionnelle pour moi, le prof m'apostrophe pour que je me dépêche. Je m'assois n'importe où, pas à ma place habituelle, celle qui me mettait un peu à l'écart des autres. Je me pose avec mes affaires à côté de toi. Je te demande si j'ai manqué quelque chose. « Chut ! Pas maintenant ! Après le cours si tu veux ». Prends ça, que je me suis dit, la prochaine fois tu ne rateras pas ton bus.

Sur un dernier conseil de lecture, le prof referme ses notes. On se lève, on range cahiers, feuilles, blocs et stylos. Je te suis. Dehors je te rappelle ta proposition. Tu n'as pas oublié, tu n'as pas d'autres cours aujourd'hui. En silence, nous marchons vers la cafétéria, tu as accepté ma proposition. Assis l'un en face de l'autre, nos regards ne se fuient plus. Nous ne sommes pas là pour travailler mais pour finir de nous trouver. Nous n'avions et ne cherchions personne. Nos vies étaient grégaires mais solitaires. Nous avons beaucoup discuté de savoir quand, exactement, a été la révélation de l'attirance, comment s'est déroulé le processus. Quand je m'assois dans l'amphi ? Quand on se regarde à la cafèt' ? Ce qui nous est arrivé est quasiment de l'alchimie, une transmutation de nos ondes, de notre énergie. La pierre philosophale de l'amour. Car c'est ce que nous allons vivre maintenant. D'un geste commun, nous avons pris nos mains sur la table. Le visage se détend, on se sourit, un voile se forme, il nous entoure. Rien ni personne ne peut le traverser. Nous sommes seuls. Nul besoin de parole. Nous savons que dorénavant le pacte est signé par nos âmes. Nous ne serons plus jamais l'un sans l'autre, quoi qu'il advienne. Nos mains se défont, nous revenons à la réalité. L'histoire commence.

Tu as quitté tes parents, tu es venue t'installer chez moi. Tu voulais et moi aussi, terminer l'année universitaire. Nous en avons profité pour élaborer ce qui allait être notre projet de vie. Nous nous sommes surtout rendu compte que toutes ces théories n'aidaient pas l'homme, que les plus belles étaient perverties par l'expérience, que toutes se heurtaient à un moment ou à un autre au mur de la bêtise humaine.

Nous avons fait trois constats :

1– l'homme est le pire animal de la planète ;

2– à nous deux, nous ne pouvons pas le corriger ;

3– peut-être pouvons-nous corriger quelques-uns de ses méfaits.

Nul besoin de grands discours pour prouver que l'homme n'est pas bon. Une liste exhaustive de ses dégâts est impossible à établir. Rien n'a servi de leçon, quels que soient le lieu et l'époque. Et là, nous ne parlons qu'au niveau des états. Combien de guerres de frontières, de religions de pouvoir, d'ego ont détruit combien d'hommes et ruiné combien de pays ? Nous ne pouvons que constater et ce constat était terrible, sans appel. Ici, dans notre pays, même si nous étions libres et en paix, nous voyions les effets de l'absurdité humaine : la misère et la pauvreté. Conséquences de l'exploitation, de la guerre économique, de la mauvaise répartition des richesses et de la servilité des gouvernements aux puissances financières.

Ce monde nous dégoûtait. Nous n'avions qu'une hâte, le quitter. Il n'était pas fait pour nous. Mais nous ne voulions pas le fuir comme Rousseau dans ses Rêveries. Notre fuite impliquait l'action. Car, comment trouver le bonheur dans l'impuissance de réaliser ses vœux ? Nous avions les yeux ouverts. La télé, les journaux, les médias en général, n'arriveraient pas à nous poser un bandeau d'invisibilité, d'insensibilité. Nous exécrions la charité institutionnelle qui cache les manques de cette même institution. Nous sommes rentrés en résistance, non pour lutter contre le gouvernement et la puissance économique, mais pour aider ses victimes, en silence. Elles manquaient de moyens, nous allions essayer de leur en procurer en les prenant là où ils étaient, c'est à dire chez les riches. Nous ne prenions que l'argent liquide et ce qui pouvait se fondre. Nous ne gardions que le strict nécessaire pour nous. Le reste était distribué à ceux qui en avaient besoin. Nous étions doués pour nous introduire dans les maisons sélectionnées au bon moment. Nous savions aussi que cela ne pouvait pas être éternel, que nous n'étions qu'une microscopique épine dans le système (nous n'étions pas dupes), que celui-ci ne ferait rien pour comprendre nos motivations, que nous n'arriverions pas à soulever un mouvement de masse. Mais si, en dépouillant quelques personnes, nous arrivions à réparer quelques injustices, alors nous étions heureux.

Jusqu'à aujourd'hui, où tu gis derrière moi. Je viens de poser le carnet dans lequel j'ai consigné nos aventures, nos réflexions et notre expérience. Le soleil est haut maintenant, la journée est superbe. Les flics savent que nous sommes ici et que nous sommes armés. Nous n'avons plus qu'à attendre. Je ne sais pas si nous avons été utiles. Je ne vais pas me rendre, la prison ne me dit rien. Oui, nous sommes utiles à la police, nous justifions son existence, elle qui devrait traquer les puissants, elle fait peur aux faibles, joli paradoxe.

J'entends des voitures, des pneus font crisser le gravier. Les oiseaux se sont tus. Des portières claquent. Des balles s'engagent dans les armes. Ils ne savent pas où je suis. Je me présente à la fenêtre, les bras en l'air, un pistolet à la main. Déflagrations, détonations. Je m'écroule. Notre rêve est fini.

Ma vie est finie comme la tienne. Je meurs.

Cobb's Barn and Distant Houses
© Whitney Museum of American Art, New York

Cobb's Barn and Distant Houses

(Maison de vacances bis)

Cela faisait quelques années que je n'étais pas revenu dans cette maison. Elle a l'avantage et l'inconvénient de me proposer de bons et de mauvais souvenirs. Ma présence ici n'est pas préméditée, je n'ai rien à régler de particulier. Je voulais simplement voir ce lieu, peut-être une dernière fois. Plus personne de ma famille ne peut plus, ni ne veut venir ici, tout à définitivement changé.

Je suis un Noguerra, comme il y a des Noguès ou des Nougaro, le nom du noyer, l'arbre. Nos origines viennent de l'immigration catalanes. On nous prend pour des latinos mais nous n'en sommes pas.

Il y eu d'autres tentatives d'installations, ailleurs, avant que mon grand-père n'arrive ici pour établir définitivement notre famille dans cet immense paysage de vallons agricoles. Il n'a pas profité de cette grandeur, il voulait garder une taille d'exploitation raisonnable et suffisante pour nourrir tout le monde et la transmettre. Seulement quelques hectares à cultiver, la mécanisation naissante n'avait pas encore permis l'appropriation d'immenses domaines. Pas d'élevage, ni intensif, ni extensif, la question ne se posait pas encore. Seulement quelques bêtes de basse-cour pour la consommation familiale, afin d'assurer les besoins domestiques.

La ferme était à l'écart du bourg. Il n'était pas seul à avoir choisi cette voie. D'autres propriétaires, comme lui, maillaient ce territoire, une modeste paysannerie. La maison n'avait pas besoin d'être très grande. Le hangar pour le matériel agricole n'avait pas besoin de l'être non plus. Au contraire d'aujourd'hui. Toute cette population a disparu au profit d'exploitations productivistes. Le remembrement des parcelles a fait son œuvre. Mon grand-père en a été le témoin, il a mis en viager ses terres, aucun de ses enfants ne voulait reprendre le flambeau. Lui-même n'y tenait pas vraiment. Il savait la hauteur du sacrifice pour en tirer un revenu correct.

À la mort de mes grands-parents, mes parents, mon oncle et ma tante ont hérité de la maison, les terres ayant déjà été rachetées. Tous trois ont tenté l'année suivante d'y venir en vacances en famille, mais il a fallu se rendre à l'évidence, plus personne n'avait envie de remuer des souvenirs. La maison a donc été vendue. Elle est maintenant un gîte, une chambre d'hôte, un lieu de villégiature pour les vacanciers citadins en mal de campagne. Au fil du temps, le village prenait une autre dimension. Il commençait à se développer en une petite ville touristique. À la grande joie de ses habitants, jeunes et vieux.

Parce qu'ici, d'aussi loin que je m'en souvienne, c'était la maison du bonheur. Tous les étés, je retrouvais mes cousins et cousines. Nos parents respectifs, qui habitaient chacun loin d'ici, venaient passer leur dernière semaine de vacances au pays de leur propre enfance, pour le plaisir de tout ce petit monde. Mais surtout, comme ils devaient reprendre le travail, avant la reprise des cours, ils nous laissaient à la garde de nos grands-parents. Il y avait John, Peter, et Louise. Elle avait le même âge que moi, Charles. Nous n'étions pas une grosse charge. Nous nous entendions bien. La fin de nos vacances dans cette ferme nous changeait radicalement de notre vie citadine. Louise n'était pas vraiment une cousine, si ce n'est par alliance, puisque mon oncle s'était marié avec une femme qui avait déjà une enfant.

C'était le moment de l'année que j'aimais le plus, je l'attendais. Plus jeune je ne savais pas trop pourquoi ni comment l'expliquer. En grandissant, les réponses sont venues, évidentes. Je voulais voir, revoir Louise. Durant ces quelques semaines, nous étions inséparables. Nous étions avec Peter et John aussi, mais jamais l'un sans l'autre. Nous fréquentions les autres enfants du village, mais jamais l'un sans l'autre, toujours ensemble. En cas de séparation involontaire, nous n'avions de cesse de nous retrouver. Notre besoin était réciproque, jamais l'un sans l'autre. Nous attendions ces moments quand le reste de l'année nous éloignait. Il n'y avait pas encore les réseaux sociaux, nous n'osions pas nous téléphoner alors on s'écrivait. Un amour était né, évident, pur, mais difficile à faire accepter par la famille, nous étions « cousin-cousine ».

Elle était très jolie et cela attisait quelques jalousies dans la bande d'amis autochtones. Nous étions, de la part de certains, la cible de moqueries. Rien de grave, ce n'était que des mots. Nous faisions partie d'une famille connue et reconnue dans le pays. Les grands-parents auraient eu tôt fait de mettre le haut-là à ces petits crétins qui se pavanaient sur leur moto alors que nous étions qu'en vélo.

Il y a une journée qui reste gravée dans ma mémoire. Nous avions seize ans passés. Nos deux cousins passaient leur temps de leur côté. Nous avions enfourché nos bicyclettes afin d'être un peu seul, savourer l'odeur du bois bordant ce nouveau champ, être assis simplement enlacé à regarder le paysage, parler à peine, sentir notre amour non loin de cet arbre si cher à notre cœur. Nous venions ici un peu comme un pèlerinage annuel pour voir s'il poussait autant que nos sentiments. À chaque visite, nous n'étions pas déçus. Il restait tel que nous l'avions transformé.

Une après-midi, il y a des années de cela, nous avions fait une promenade en famille. La pause sur le chemin nous avait arrêtés ici même, à l'orée de ce bois. Pendant que les adultes sortaient le goûter, nous, les enfants, nous sommes égayés sous les arbres. Avec Louise, nous avons découvert une jeune pousse qui avait une particularité assez singulière pour nos yeux d'enfants. Elle possédait un petit tronc qui se divisait presque immédiatement en deux branches pointant vers le ciel. Nous avons décrété qu'une branche était pour moi et l'autre pour Louise. Puis nous les avons enlacées et attachées avec des herbes que nous avions tressées. Depuis ce jour, il était devenu notre arbre. Les années passant il prenait vraiment la force symbolique de notre attachement réciproque. Défaire ces deux branches entrelacées aurait sonné la mort de cet arbre et de notre amour. Du moins le voyions-nous ainsi.

Un bruit de petit moteur nous sortit de notre rêverie. L'imbécile du village, Jacky, sur sa moto-cross se dirigeait vers nous. Il devait savoir que nous venions souvent ici. Nous le connaissions, il avait déjà une certaine réputation. Nous savions aussi qu'il était assez bête pour être jaloux de notre relation. Suzan, une amie du village nous en avait parlé en nous disant de nous méfier de lui.

 De fait, perché sur son engin, il commençait à tourner autour de nous en donnant des coups d'accélérateurs pour faire le maximum de bruit. Il était beaucoup plus costaud que moi et, craignant une réaction violente, je ne me suis pas interposé. Alors que sa manœuvre l'éloignait pour mieux revenir, nous avons préféré ne pas lutter. Nous avons rapidement pris nos vélos pour le fuir. Nous pouvions profiter de la descente. Il nous a poursuivis. Je restais derrière Louise pensant la protéger. Mais un engin à moteur est toujours plus rapide qu'un vélo. Il se rapprochait dangereusement alors que nous prenions de plus en plus de vitesse. Avec Louise nous étions roues dans roues. Il était maintenant à mon niveau. Je le sentais trop près. Je le savais beaucoup trop près. En même temps que je tournais les yeux pour évaluer le danger, je le vis lever son pied pour essayer de donner un coup sur ma fourche. Il m'avait raté mais je fus tout de même déséquilibré par la peur. Mon guidon se mit de travers. Je tombais directement sur Louise, l'entraînant dans ma chute. Mais, juste à cet endroit-là, il y avait un petit ravin. L'accident nous y précipita. Encore aujourd'hui je le ressens. Nous avons fait un vol plané qui nous a fait atterrir plus bas sur les cailloux. Louise était sous moi, elle a amorti ma chute puis nous avons roulé, elle s'est retrouvée sur moi puis je me suis évanoui par la suite des chocs dans ce fossé pierreux. Je ne sais combien de temps a duré mon sommeil forcé. J'avais du mal à respirer, ce poids sur mon corps m'a réveillé. Louise, que nous est-il arrivé, me demandais-je ? Péniblement, je me dégageais, elle ne m'aidait pas. Elle ne le pouvait plus. Elle ne répondait plus. Elle ne vivait plus. Je l'ai retourné face au soleil. Je me suis agenouillé près d'elle. Je contemplais son visage meurtri. Son front était enfoncé, perforé. Son sang s'était épandu sur moi, il avait maculé mes vêtements.

Je ne sais pas comment on trouve la force d'agir après de tels événements mais j'ai laissé Louise là pour retourner à la maison. Je n'oublierai jamais les cris de sa mère quand on lui a annoncé la nouvelle au téléphone. Je n'ai pas accompagné les secours. Ma grand-mère me voyant dans cet état me dit d'aller prendre une douche puis de lui donner mes vêtements. Je les lui ai tous donnés mais j'ai gardé ma chemise. La maisonnée était trop bouleversée pour s'occuper de ce bout de tissus taché. La vie ici ne serait plus jamais la même. Je ne sais pas quelle cérémonie a été organisée pour les funérailles de Louise. Je n'aurais pas pu les supporter car à partir de ce jour je suis rentré dans une phase d'hébétude qui ne s'est achevée que plus tard, par paliers. Je n'ai recommencé à m'exprimer par bribes qu'après son enterrement. J'avais toutefois toute ma tête et j'ai rendu le dernier hommage à mon amour défunt à ma manière. Je suis allé enterrer ma chemise avec son sang au pied de notre arbre.

J'ai vécu tant bien que mal jusqu'à aujourd'hui, toujours seul, plus jamais ensemble. Dans l'année qui a suivi la mort de Louise, mes grands-parents sont décédés à peu de temps d'intervalle. Plus aucun de leurs enfants n'avait envie ni besoin de cette maison.

Je suis là maintenant. On est juste dans la première semaine de l'ouverture de la chasse. J'ai fait des courses au village. Durant ces quelques jours j'ai un peu profité des lieux touristiques, je suis allé au plan d'eau, j'ai arpenté les bois aux alentours, j'ai traversé le camping. Je n'ai pas encore osé entrer dans le casino nouvellement construit.

Aujourd'hui c'est la fin de mon séjour. J'ai pu réparer une erreur. J'ai besoin de reposer mes émotions. La fraîche bouteille de blanc californien sur la table devant le gîte va m'y aider. Les souvenirs remontent. Les impressions disparues reviennent embellies par le temps et l'oubli partiel. Une voiture de police fait une pause au portail, elle grimpe l'allée qui mène au bâtiment. Elle va se garer derrière. Il n'y avait qu'une personne dans le véhicule, une femme, semble-t-il. J'entends ses pas, elle apparaît au coin de la maison puis elle se dirige vers moi. Je ne mets pas longtemps à la reconnaître, Suzan !

Quelle surprise ! Je n'ai pas le temps d'ajouter un mot. « Rentrons, me dit-elle, je ne veux pas qu'on me voie. »

Je ne suis qu'à moitié étonné de la voir. Nous sommes maintenant à l'intérieur. Elle ne me laisse pas prendre la parole.

« Je sais, cela fait longtemps que tu as disparu du pays et je comprends très bien pourquoi. Tu dois aussi être étonné de me voir habillée de la sorte. Oui, je suis maintenant dans la police, et même chef de la police du conté, ce qui me donne toute latitude pour enquêter sur tout ce qui pourrait se passer dans ma juridiction.

Il y a trois jours, lors d'un déplacement nous sommes passés en ville avec mon collègue. Tu sortais de l'épicerie pour rejoindre ta voiture. Je t'ai tout de suite reconnu. Tous les souvenirs enfouis de cette époque et cette fin tragique me sont revenus. Je me demandais ce que tu pouvais bien faire ici. Par déformation professionnelle, j'ai pensé qu'il n'y avait pas de hasard. Le soir même, je suis passée par ici et j'y ai vu ta voiture garée devant ce qui avait été ta maison de famille.

Hier matin, la femme de Jacky est venue au poste pour signaler la disparition de son mari. D'habitude, nous ne commençons les recherches et à nous inquiéter réellement qu'un ou deux jours après le signalement. Là, c'était un peu différent. C'est moi qui ai pris la déposition et j'ai dit à mes collègues que je m'occupais de l'affaire. Mon instinct me parlait. Sachant qu'il était chasseur, je commençais à faire des liens sans en parler à personne.

Ce matin, nous avons organisé une battue. Nous avons, assez vite grâce aux informations de ses amis qui connaissaient ses habitudes, trouvé sa fourgonnette. Un chasseur à pied ne peut pas aller très loin. C'est moi qui ai vu le corps en premier, face contre terre. On ne voyait pas son fusil pourtant il y avait du sang partout autour de son crâne. Avant que je n'avertisse les autres de ma découverte, j'ai délicatement tourné sa tête. J'ai vu le bout de son arme pointé vers sa mâchoire explosée par la déflagration. Mais il avait aussi le front éclaté et cela ne pouvait pas être le fait d'une arme. J'ai immédiatement fait le rapprochement avec toi. Mais je n'ai rien dit à personne.

À partir de maintenant, tu as 24 heures avant que le médecin légiste du conté ne nous donne son rapport qui ne laissera aucun doute sur la mort non accidentelle de Jacky.

La bande d'amis que nous étions à l'époque savait bien qu'il était responsable de votre accident. Personne n'a rien dit et toi non plus. Briser une telle histoire d'amour n'était pas humain. Je pourrai t'arrêter, te mettre en garde à vue. Je ne sais pas encore comment tu t'y es pris. Hasard, préméditation, bonne ou mauvaise fortune ? Peut-être ne le sais-tu pas toi-même. En revanche, je suis certaine que nous trouverons tous les indices et les éléments impliquant ta responsabilité dans sa mort.

Je vais donc pour la première fois de ma carrière commettre une faute professionnelle. Je ne suis pas venue ici te parler et je ne ferai le rapprochement avec ton histoire qu'après la réception du rapport. »

De légers sanglots transformaient sa voix. Elle s'est levée en essuyant des larmes, elle est partie, elle a disparu. Elle avait raison. En me promenant, par hasard, j'ai vu ce Jacky. Je n'avais pas de haine mais il fallait réparer quelque chose. Il ne s'est rendu compte de rien, il ne m'a pas reconnu, il n'a pas eu le temps. Le coup de fusil, mort directe. Puis la pierre qui lui défonce le crâne, comme Louise sur ces cailloux dans le fossé. J'ai l'esprit tranquille, soulagé. Je vais pouvoir la rejoindre, enfin apaisé par tant d'années de douleurs.

Après le départ de Suzan, je n'ai pas fouillé longtemps pour trouver le « bowie knife » donné mon grand-père. Je l'ai mis dans ma poche puis je me suis dirigé vers notre arbre. Les initiales L et C gravées dans un cœur étaient encore visibles. J'ai dégagé les feuilles entre deux racines qui formaient une sorte de cuvette. Je me suis agenouillé, j'ai placé le bout du manche sur le sol et la pointe entre mes côtes, visant le cœur. Je suis presque allongé, courbé, mon front à quelques pouces de la terre, les membres tendus, les mains au sol. Puis je plie les bras d'un seul mouvement, sans aucune hésitation.

Parfaitement aiguisée, la lame transperce les chairs pour finir dans mon cœur. Mon sang irrigue les racines qui s'étaient nourries de celui de Louise grâce à ma chemise enterrée ici. Enfin voilà le mien. Nous sommes de nouveau réunis.

Notre arbre de vie, pour l'éternité.

Hotel room, 1931
© Museo Nacional Thyssen-Bornemisza, Madrid, ES

Hotel room

(Chambre d'hôtel)

Il viendra.

Je suis heureuse. La route était belle, peu de circulation. Un plein d'essence a été largement suffisant. Les rétroviseurs ont été mes amis au début du trajet. J'étais encore inquiète. Les allusions de celui qui sera mon ex-mari étaient tendancieuses quant à leur interprétation. Il n'a jamais été violent mais qui peut connaître les intentions d'un homme trompé ?

Je ne saurais pas dire qui de nous deux est responsable. Je ne parle pas de l'acte lui-même mais de ce qui y a amené. Un couple modèle. Jeune, beau, à l'aise, confortable, bonne situation pour tous les deux, belle maison dans un lotissement classe. Un modèle pour agence de publicité.

J'arrive à l'hôtel où nous devons nous retrouver avant de finir notre voyage à deux cette fois. Le soleil déclinant éclaire la façade et la pare d'une jolie teinte orangée. C'est un peu du luxe. Peut-être le dernier avant longtemps. Notre projet ne nous le permettra pas, du moins pas tout de suite mais qu'importe, nous avons confiance. Une allée bordée de palmiers, un portique, je m'arrête, on m'ouvre la portière, on ouvre le coffre en même temps. Je descends et me dirige vers la réception, suivi d'un chariot encombré d'une valise et d'un sac seulement. Je suis attendue, on avait réservé.

Formerons-nous un couple « modèle » ? Je n'en ai pas très envie, vu ce que cela a donné. Les publicitaires mentent donc en essayant de nous vendre un idéal. Ils devraient mettre un avertissement dans chaque publicité : « attention, ceci n'est pas la réalité, c'est seulement ce que nous voulons vous faire croire afin que vous achetiez nos produits. Ceux-ci ne vous rendront ni plus beaux, ni plus riches, ni plus jeunes et encore moins heureux. » Oui, car ce modèle ne me procura finalement que peu de bonheur sinon factice. Ce qui suscita chez les autres beaucoup d'incompréhension. Ils ont tout pour être heureux et pourtant. Je ne sais pas à quoi ça tient. Je n'ai jamais bien compris ceux qui parlent de vie superficielle. C'est quoi, c'est comment ne pas être superficiel ?

Ma réalité maintenant, c'est de monter dans ma, dans notre chambre. Me reposer un peu, me préparer, défaire quelques bagages, le juste nécessaire, nous repartons demain. Je suis un peu en avance. En nuisette, je serai plus à l'aise. Qui me verra à part lui quand il rentrera dans la chambre ?

Avec mon mari, nous avions organisé une soirée comme nous savions les faire, où il fallait se voir, être vu, se regarder, s'évaluer, se distinguer et sourire quoi qu'il en soit. Le mien commençait à être forcé sans que j'en prenne vraiment conscience. À cette soirée avait été invité un couple de nouveaux voisins, Louise et Richard. S'ils habitaient ici, c'est qu'ils étaient de notre condition. De fait, oui. Elle est manifestement très amoureuse, possessive. On le voit, on le sent, elle le tient. Ils forment comme nous tous ici un beau couple modèle. Mais, lui et moi, nos regards se sont croisés. Il n'y a pas eu de mot, un frisson, une onde, une vague, un flux réciproque, oui, réciproque. Nous étions au cœur l'un de l'autre. Nous faisions l'expérience de la profondeur face au vide environnant.

Les écarts de température entre la voiture, l'extérieur et la chambre ont eu raison de mon système sudoripare. En clair, je ne sens pas bon. Bain, douche ? Ce sera douche qui finira sur moins que tiède.

Puis tout est allé très vite. On se revoit, on fait l'amour, on étincelle nos vies. Ce que nous étions n'est plus. Nous devons partir mais surtout comme dernière épreuve, nous devons l'annoncer à nos époux respectifs. La décision est irrévocable, les plans sont tracés, il y a un après eux.

Je suis en tenue légère, style sortie de douche. Je range les dernières bricoles histoire de m'occuper avant son arrivée. On frappe à la porte. Ce n'est que le garçon d'étage. Il me tend un télégramme. C'est bien mon nom à l'adresse de l'hôtel. Je suis étonnée, surprise, je n'attends rien d'autre que lui. J'ouvre le pli, je lis « il ne viendra pas ». Mes jambes me lâchent, le souffle manque, je m'assois sur le bord du lit. « Richard ne viendra pas. Il est mort. Je l'ai tué. » Signé Louise.

New York moovie, 1939
© The Museum of Modern Art/Scala, Forence, It.

New York moovie
(Le retour du père)

Mince, le film a déjà commencé je l'attends encore un peu et je prends une décision. Je doute qu'il ne vienne maintenant. Pourtant hier soir, il semblait d'accord. Après la nuit que nous avons passée, je ne comprends pas. Ce matin, il était même resté à la maison alors que j'allais travailler. Il ne m'a rien dit ni fait de remarque quand on s'est quittés. Peut-être a-t-il émis un peu de surprise. C'est vrai aussi qu'il m'a semblé un peu froid. Je dois me tromper, mes sens me jouent des tours, je suis encore un peu fragile, ce n'étaient que des impressions.

Je suis là coincée dans ce cinéma au décor baroque. Je suis un peu inquiète, c'est quand même la deuxième fois qu'on me pose un lapin, ici et dans les mêmes conditions, pas plus tard qu'il y a deux semaines. Je l'invite à la maison, on se quitte le matin et le soir plus rien ni personne. Ou alors j'ai un problème. Il va falloir que j'en parle à ma psy. À deux, le film aurait été intéressant, seule, je n'ai pas le goût de le voir. Je quitte la salle et je rejoins la lumière. Chance, il y a un taxi libre qui passe au moment où mes pieds s'immobilisent sur le trottoir. Double chance il peut me reconduire dans mon quartier. Triple chance il est beau avec ses tempes grises. Le trajet sera plus agréable. Aura-t-il de la conversation autre que météorologique ? Méritera-t-il mon numéro de téléphone ? Le trajet est assez long pour répondre à ces questions. En fait non, je préfère rester sur mes questions de rendez-vous manqués. J'ai une séance demain, elle va m'entendre.

Elle sait tout de ma vie. Je sentais confusément que je n'étais pas bien, que mes rapports sociaux n'étaient pas sains, pas ordinaires. J'ai commencé à lui raconter mon présent. Grâce à elle j'ai pu comprendre que mes problèmes avaient une explication dans mon passé, dans mon enfance en particulier, que cela faisait résonance avec ma vie actuelle et la manière dont je la vivais. On a beaucoup parlé de mes liens avec mon père et ma mère.

Mon père je l'aimais, ma mère m'était indifférente. Lui incombaient les tâches ménagères bien sûr. Elle n'était que là. Si on remarquait ses rares absences par l'accumulation de vaisselle et les repas pas préparés, sa présence passait inaperçue. Elle n'avait pas le caractère et l'aura de mon père. Il n'y avait aucune violence entre eux, il n'y en avait pas besoin, elle (ma mère) s'effaçait d'elle-même. Mon père, ce héros au sourire si doux... Non, au sourire ravageur. Je l'ai toujours vu grand, fort, dominant. Il avait pour moi toutes les attentions. Il était fier de moi, je voulais qu'il le soit. Je travaillais à être la meilleure fille, la plus gentille, la plus belle, la plus aimante. L'inverse de ma mère ! Elle aurait pu être belle, mais sa négligence la rendait quelconque. Pour lui, je voulais être exceptionnelle. Il n'y a qu'à moi qu'il disait je t'aime le soir quand il venait m'embrasser et me border. J'attendais ce moment de câlins puis de caresses.

Quelques jours après la fête d'anniversaire de mes seize ans, le soir au coucher, comme d'habitude il rentre dans ma chambre. Il avait ce soir-là une aura bien particulière comme un halo autour de son visage. Il s'assoit sur le lit et me dit : « ce soir, nous allons connaître l'Amour ». Là, j'ai connu et je me souviens de ce plaisir, de cette plénitude.

Le lendemain s'est passé dans l'attente de la soirée, mais las, il n'y avait personne à la maison. Que ma mère assise sur une chaise. Elle tenait avec un léger sourire le mot d'adieu de mon père. Elle était libre et moi prisonnière de ce premier amour, paternel. Je me suis effondrée, mes tripes se nouaient, les glaires commençaient à me brûler la gorge, les toilettes ont accueilli les spasmes de mon vomi. Un cri, des râles de douleurs. Le bonheur, l'amour brisé, anéanti. Des jours à attendre, sans nouvelle aucune. Plus jamais. La mère se mettait doucement à chanter au fil des jours d'absence. Savait-elle qu'elle décuplait ma souffrance ? Comment pouvait-elle être joyeuse ? Mon sort ne l'intéressait-il pas ? De toute évidence non. Je lui en voulais de ne pas avoir su le retenir. Progressivement, la tristesse s'est transformée en colère puis en haine. Je surmontais ma douleur et ma peine par ce changement d'émotion. J'aurais voulu le détruire comme il m'avait détruite. Pourquoi m'aimer pour disparaître le lendemain ?

C'est ce qu'on travaillait en séance avec la psy. Essayer de tout relier aux événements actuels et factuels. Tout comme ma vie sexuelle, mes rencontres masculines. Il nous faudra trouver des explications sur ces deux rendez-vous manqués. Et les autres que je n'ai jamais revus non plus.

Enfin à la maison. Le chauffeur de taxi n'était finalement pas mon type physiquement parlant. Je suis très stricte là-dessus. J'ai des critères et je m'y tiens. L'homme doit être de toute façon plus âgé que moi, grisonnant c'est bien, bien de sa personne, qui s'entretient mais aussi une prestance, un « bel homme », quoi.

Je ne sais pas comment je vais expliquer à mon patron que je serai en retard ce matin à cause d'une présence policière à la maison. Très tôt, ils ont sonné, ils m'ont presque réveillée. Deux personnes se tenaient devant ma porte, deux inspecteurs, un homme et une femme. Leurs yeux étaient déjà interrogateurs, presque accusateurs. Je n'avais pas encore parlé, déjà, leurs regards prenaient des indices. La femme prend la parole. Ils viennent parce que je serais en lien avec deux disparitions inquiétantes. Je les fais entrer et s'asseoir. Je leur explique que oui, j'ai connu ces deux personnes, oui ils sont venus chez moi, oui nous nous sommes quittés au matin, non je ne les ai plus revus malgré notre rendez-vous au cinéma et que oui, cela m'est déjà arrivé quelquefois ce genre d'aventure. L'inspecteur est charmant, tout à fait mon type. J'espère qu'il l'a remarqué. Ils veulent visiter la maison. Je les suis ou les précède si besoin. Toutes les portes sont ouvertes, des pièces, des placards, des armoires. Et celle-ci, me demandent-ils ? Elle va à la cave mais je n'y suis jamais allée, elle est murée. L'inspectrice me jette un regard défiant en tournant la poignée, elle tire le battant et nous nous trouvons devant une cloison de briques, accès impossible pour personne. Je sens comme un soulagement dans leur attitude. Il m'a remarqué. L'inspection est finie. De nouveau sur le seuil de la maison je les invite à me tenir au courant de l'enquête et à revenir si nécessaire.

Je suis heureuse. Dans l'après-midi un coup de téléphone de l'inspecteur, il veut me revoir dès ce soir. J'aurai tout le temps de me préparer.

La sonnette tinte, il est là. Il a soigné son apparence. Un halo l'entoure. Dans cette rue, à la tombée de la nuit, il dispense comme une lumière. Je croirais presque voir mon père. Il n'est pas en service. Nous avons passé une soirée merveilleuse. Il est brillant, intelligent, beau. La nuit ne pourra être qu'à l'unisson. Ma chambre et mon lit accueillent le début de cet amour qui, je l'espère au plus profond, me fera revivre mon premier. J'en ai le désir. Et si les préliminaires sont bien, la suite m'emporte. Je retrouve mon extase, mon plaisir, ma plénitude. Une nuit d'étoiles.

Le lendemain, réveil tôt. Viens lui dis-je, je vais te montrer quelque chose et te faire une surprise. Nous allons dans la chambre à côté. J'ouvre un placard mural, je pousse le fond qui dissimule une porte. Je le prends par la main. J'éclaire l'escalier qui nous emmène au sous-sol. Il est à peine surpris, sans doute les effets secondaires de mon cocktail spécial d'hier soir. Nous arrivons en bas. Je le laisse admirer le spectacle. Je l'assomme, je scotche ses mains, puis ses mains à sa taille, ses pieds, ses jambes, sa bouche. Le palan et les cordes me permettent de l'installer dans le congélateur libre, une armoire vitrée comme dans les supermarchés. Le froid lui fait ouvrir les yeux, il peut maintenant détailler sa première vision qui fut si fugace. Contre les murs sont alignés des congélateurs. Certains sont vides, dans les autres un homme. Tous se ressemblent comme une photo reproduite à plusieurs exemplaires. Il me regarde. Je vois, je sens l'effroi et son incompréhension.

Je lui explique alors : « tu vois papa, il ne fallait pas me quitter ! »

South Truro post office, 1930
© Collection of Marie B. and Edward F. Swenson, Jr.

South Truro post office

(Village d'accueil)

Putain de voiture ! Me lâche pas !

J'ai quitté ma vie d'avant. Une vie un peu pourrie dans une « ville » du centre du pays. Il est d'ailleurs curieux que chez nous tout soit qualifié de ville, quelle que soit sa taille. Pas de village, bourg, bourgade. Quatre maisons, une poste et une alimentation, quand il y en a une, font une ville. Non, c'est un bled, un trou perdu. Il est aussi curieux de voir et d'entendre la fierté qui y est attachée par ses habitants. La moindre caractéristique la plus insignifiante en fait une particularité exceptionnelle. Là-bas, nous étions le centre du monde, réellement. Presque. À peine le centre géographique du pays à des poignées de kilomètres près. Chance énorme de se retrouver loin de tout. Seule l'agriculture avait le droit de cité, tracteurs, engins de travail, hangars, silos, champs et champs et champs. Les seuls étrangers qui venaient ici étaient les camions qui transportaient les récoltes. Je dis les camions car on ne voyait même pas les chauffeurs. Je suppose qu'ils ne voulaient pas descendre de leur véhicule, ils avaient trop peur de risquer rester ici. Même pas une usine ou un atelier de transformation, rien, que de la production et de l'ennui à perte de vue.

Je n'ai jamais demandé à mes parents comment ils s'étaient retrouvés ici. Peut-être y étaient-ils depuis toujours, berceau terreux de la famille. Mes rêves m'en évadaient mais le mieux, le plus efficace était une voiture.

Une putain de voiture qui était en train de me lâcher. Vas-y pétarade mais avance, je ne suis pas encore assez loin, deux jours de trajet ne sont pas suffisants. J'ai quitté la route principale, un embranchement indiquait un village et, à côté du panneau, un autre proposait les services d'un garage. Le temps s'assombrissait, il n'était finalement pas mal de faire une pause et trouver un abri pour la nuit, le temps que ma voiture soit examinée et réparée.

Nous ne sommes qu'en fin d'après-midi mais le temps est noir. Une chape qui ne ressemble pas à des nuages recouvre le village. Personne dans les rues, pas de voiture. Une enseigne avec une marque d'essence, une grande porte ouverte, de la lumière, une voiture sur cale devant le bâtiment, le garage est là, j'y vais. Le mécano est bonhomme, presque jovial. La discussion s'engage. Beaucoup de travail, répare les machines de la conserverie, des élevages, pas le temps, vieux modèle, pas les pièces, tout seul, pas de personnel, pas pressé, attendre là-bas avec l'autre.

Parce que je n'étais pas parti complètement à l'aventure, une place m'attendait dans la capitale de l'État voisin. Mais mon avenir n'étant pas tracé à quelques jours près, plus la voiture en panne, je fis contre mauvaise fortune bon cœur en me dirigeant vers ce qui ressemble à une pension de famille.

Les indications du garagiste étaient claires, il n'y avait guère que la rue à traverser puis dépasser deux ou trois maisons pour y arriver.

Mais j'ai senti sur ce trajet des impressions étranges. Je marchais sans me rapprocher de cette maison. Mes jambes étaient en mouvement, le sol se déplaçait, mes pieds soulevaient de légers nuages de poussière pourtant je n'avançais pas ou très peu. Le ciel de sombre était passé au noir, des points lumineux émergeaient de cette obscurité. En regardant mes bras se balancer pour la marche, je vis la décomposition parfaite de leurs mouvements comme les esquisses d'un dessin animé. J'ai bougé la tête d'avant en arrière. J'ai vu se déplacer mon image et revenir sur moi, une succession d'espaces. Toutefois, lorsque je fus arrivé, la sensation de temps suspendu avait disparu. Tout était normal sauf que nous étions maintenant le soir. J'avais marché deux heures pour faire trois cents mètres. Ce n'était que les pendules qui disaient cela, pas mon corps ni mon esprit. Étrange de savoir et de ne rien ressentir, de ne pas trouver cela étrange justement. Une normalité bizarre.

Ce n'était pas une auberge ni vraiment une pension. Plutôt une habitante qui avait une grande maison et donc des chambres libres qu'elle pouvait louer aux gens de passage, je doutais que l'on puisse venir ici en touriste, sans y être obligé. Je me présente en expliquant mes malheurs et ma nécessité d'être hébergé le temps des réparations. Elle me propose de dîner, la table est déjà mise avec trois assiettes, normal ? Elle, moi et l'autre, je suppose.

L'autre ? Tes pas dans l'escalier m'ont fait tourner la tête. Comme on dévoile un présent pour faire languir, tu descendais, montrant tes pieds, tes jambes, ton corps, ton visage. Toi ! Une apparition angélique, un rêve. Ce rêve, mon rêve pouvait-il être cette réalité ? On s'est regardés, le temps s'est dilaté et contracté en même temps. Faisait-il partie de ces sensations précédentes quand je venais vers ici ? Allaient-elles disparaître, ne laissant qu'un goût étrange de manque ? Une aura te nimbait, un sourire t'illuminait. Je l'ai attrapé et je l'ai définitivement glissé dans mon cœur. Je garderai toujours cette image pour te la rendre les jours de tristesse.

Tu me parles, ce qui me fait reprendre mes esprits. Mon seul souci à présent est de savoir si le sort est pour ou contre moi. Je caresse l'espoir que mon sentiment soit partagé. L'avenir me sera favorable. J'en suis sûr, il ne peut en être autrement. Nous mangeons une sorte de brouet, goûteux au demeurant. Le fruit du dessert finit de nous caler l'estomac. Nous voilà repus, prêts à rejoindre nos chambres respectives. Arrivés au palier tu me prends la main et tu m'invites à te suivre. Tu dois me parler. Je suis intrigué. Tu étais parfaitement calme, je te sens troublée maintenant.

— En bas de l'escalier, je n'avais qu'une seule chose à te dire, désormais j'en ai deux. Voilà, je ne sais plus depuis combien de jours je suis ici. Les journées passent sans que je m'en aperçoive. Je devais rejoindre une entreprise dans le département voisin pour un emploi de secrétaire quand ma voiture a fait des siennes. Par chance, il y avait ce village et ce garagiste.

— Je ne sais pas si c'est une chance, je crois que ta voiture est loin d'être réparée si c'est celle qui est sur cales.

— J'éprouve une sorte d'inquiétude diffuse. Je ne comprends pas tout ce qu'il se passe. Il m'arrive de marcher dans le village. Un soir, je dis le soir parce qu'il faisait très noir mais je ne sais pas, tous les habitants se sont dirigés vers ce bâtiment là-bas, le bureau de poste, sûrement que c'est le seul assez grand pour contenir tout le monde. Une fois les portes closes, une sorte de halo venant du cimetière se dirige vers la poste et y entre. Un temps, où ce que j'en conçois passe. Un murmure se fait entendre, comme une litanie. Puis silence. Un hurlement, strident, horrible. Soutenant une forme, le halo sort et disparaît entre les tombes. Le ciel s'éclaircit, les habitants ouvrent les portes, sortent. Les derniers sont un homme et une femme, elle, titubant, lui, la soutenant. Et ils reprennent leurs activités.

— Plus que curieux et impressionnant en effet. Mais ce que je ne comprends pas non plus c'est que nous avons à peu près la même histoire pour arriver ici et la même perception étrange du temps, comme suspendu à attendre un événement. Ou alors nous sommes cet événement ! Ce soir, nous ne pourrons rien faire, attendons demain nous en saurons plus. Je suppose que cela était la première partie de tes dires. La deuxième est ?

— C'est difficile. Je n'avais jamais senti cela auparavant… As-tu remarqué quelque chose quand je t'ai pris la main ?

— J'ai senti et j'ai vu !

— Comme un courant, une lueur entre nos paumes, des rayons à peine visibles filtraient à travers nos doigts. Nous n'avons pas rêvé n'est-ce pas ?

— Nous étions dans l'ombre de la veilleuse du couloir, nos sens ne peuvent pas nous tromper autant. Mais j'ai un peu d'avance sur toi. C'est de te voir avant le dîner qui a été fatal à mon cœur.

— Moi aussi mais je ne voulais rien laisser paraître. Ce contact a fini de nous révéler l'un à l'autre. Embrasse-moi !

Ce que je fis. Ce que nous fîmes. Le lit nous tendait ses draps. Dehors, la pluie nous accompagnait. Perceptibles mais lointains, des roulements de tonnerre se font entendre, ils s'approchent accompagnant un orage. Nous faisons l'amour comme la première et la dernière fois, avec des extases et des fougues maintes fois renouvelées. L'orage est sur la maison. Nous finissons notre étreinte dans un ultime grondement, le plus fort de tous, à faire vibrer les fenêtres, vent et fureur. C'est fini, le calme revient, nous nous endormons, paisible, serein, tout a cessé.

Ce matin, un beau soleil sèche les rues. Après le petit déjeuner, nous décidons d'aller ensemble discuter avec le garagiste. Nos tentatives de conversation avec notre logeuse ayant été infructueuses. Il nous reçoit gentiment en s'excusant du retard quant aux différentes réparations. Il comprend vite que nous ne sommes pas là pour ça et nous demande de le suivre dans son bureau.

— Je peux vous parler, le temps le permet, on voit le soleil. Il y a une légende sur ce village. Les habitants seront tranquilles tant que le tribut sera payé. Il y a fort longtemps, un homme et une femme amoureux l'un de l'autre n'ont pu se marier. Elle attendait leur enfant. Un rival jaloux de leur amour a tué et jeté aux cochons le futur père. Depuis ce jour funeste, quelquefois le temps vire à la colère, au noir.

— Et nous dans cette histoire, que venons-nous faire ?

— Vous ? Vous êtes le fruit du destin. Un couple nous a quittés récemment. Un drame pour le village, un accident de la circulation. Heureusement, ils n'avaient pas d'enfant. La voiture est derrière, vous voulez la voir ? Non, je comprends. Vous avez remarqué les hangars ? Nous avons une unité de salaison et de transformation de porc que nous élevons ici. Il y a deux places qui viennent de se libérer, nous n'avons pas encore fait de recherche pour les remplacer. C'est pour cela que vous êtes les bienvenus. Vous travailliez dans quel domaine avant ?

Nous n'avons pas été longs à réfléchir. Avec nos qualifications plus que moyennes, un tel emploi est inespéré. Le jour même, nous visitions la conserverie, la logeuse qui était finalement très gentille nous a trouvé une petite maison déjà meublée, nous n'avons eu qu'à poser et défaire nos valises. Et comme une bonne nouvelle n'arrive jamais seule, pour notre plus grand bonheur tu t'es retrouvée enceinte, nous attendions notre premier enfant. La vie s'est écoulée, calme, entre le travail prenant et la grossesse. Le médecin était loin mais tout allait bien. Une habitante faisait office de sage-femme, elle avait mis au monde la quasi-totalité des enfants du coin. Nous étions aux anges. Jusqu'aux prémices de l'accouchement.

Neuf mois durant, le temps s'est écoulé, tranquillement,

normalement. Aujourd'hui, le ciel s'assombrit, nous rappelant notre arrivée ici. J'éprouve quelques craintes.

Tu es dans ta chambre, la sage-femme est là, prête à toutes éventualités du moins je l'espère. L'ambiance change, les lumières n'éclairent plus comme avant. Malgré elles, nous sommes dans une sorte de pénombre. Tu as mal. J'ai peur pour toi. Je veux m'approcher. Je bouge mais je n'y arrive pas. Le temps se disloque. Je te regarde souffrir, je ne peux même pas te rassurer. Enfin, je suis auprès de toi mais tout est fini. Nous voyons notre enfant. Il a autour de lui cette luminescence qui disparaît dans un souffle. Le tonnerre accompagne son premier cri.

Quelques jours plus tard, le ciel n'est pas plus clément, au contraire. La chape noire est là jour et nuit. Nous vivons de nouveau cette sensation étrange où les mouvements sont décomposés, où les choses de la vie nous prennent des heures, où les horloges et pendules trahissent le temps perçu. Heureusement, tu as récupéré de ton accouchement et notre enfant est en pleine santé.

Ce soir, on frappe à notre porte. On nous invite à venir présenter le bébé aux villageois. C'est une tradition ici. Tous se dirigent déjà vers la poste, nombre d'entre eux portent une chaise. L'intention est charmante, nous ne pouvons y échapper, chacun a toujours été prévenant avec nous. Le chemin n'est pas long cette fois-ci mais la noirceur le rend plus difficile. Nous nous dirigeons vers la lumière. Nous sommes les derniers. Quelques enfants courent dans la salle, à notre arrivée ils vont s'asseoir sagement. Les chaises sont disposées en demi-cercle. Deux nous sont réservées au milieu. Nous nous assoyons. Maintenant, chacun a une place. À un signal, une mélopée se fait entendre. D'abord un bruissement, un murmure. Une seule note sans fin. Pas de rythme, pas de coupure, pas de saut. Le ton monte progressivement. Cela nous berce imperceptiblement. Nous entrons dans une douce torpeur, un endormissement les yeux ouverts. Nous ne bougeons plus, nous ne le pouvons pas. Prisonniers de ce chant. Mais nous percevons et comprenons tout. Le halo qui était apparu puis qui avait disparu à la naissance de notre enfant est de nouveau sur lui, plus visible encore. L'effroi pénètre nos cœurs. Une terreur jamais connue. Les pulsations cardiaques s'emballent. La sueur perle nos fronts. On le voudrait mais nos corps n'obéissent plus. Seuls nos yeux participent à l'horreur. Alors que le chant est encore plus fort, la porte de la salle a été ouverte. Le noir entoure cette forme qui entre, ce spectre, ce nuage maléfique qui se plante devant nous pour prendre une forme presque humaine, décharnée, par endroit comme dévorée. Il regarde l'assemblée. Ils ont tous les yeux clos, ils se balancent telle une prière satanique. Le spectre semble satisfait, il sourit. Son visage, ou ce qu'il en reste, se tourne vers nous alternativement. Ses mains caressent nos cheveux. Il glace le sang. Le bébé ! Le bébé ! Que fait-il au bébé ? Il le prend par le cou et le colle contre son corps putride, leurs couleurs se confondent. Nous ne pouvons ouvrir la bouche. Lentement, comme il était, venu il repart. La porte claque. À son bruit, la litanie cesse. Une seconde, deux secondes de silence, nos poumons font exploser nos cris de douleurs.

Dans l'instant, alors que la mère de celui qui fut mon fils gît au sol, terrassée par le mal, je prends la décision d'arrêter cette malédiction : je dois supprimer, tuer tout le village, qu'il le veuille ou non.

Et je commence maintenant.

Summer interior, 1909
© Whitney Museum of American Art, New York

Summer interior
(Accro)

Morte ou vivante ?

Je suis morte ou vivante ?

Morte parce que je ne bouge plus, je ne peux plus bouger. Vivante car je pense. Mes sensations ne sont plus que psychiques on dirait. Mon cerveau commande mais rien n'obéit. Je lance des signaux qui restent sans réponse, aucun mouvement perceptible. Normalement, quand on vit, on ne fait pas attention à eux, ils sont pour la plupart intuitifs ou automatiques. On ne perd pas de temps à se dire : « tiens, je vais déplacer mon petit doigt ». Là, maintenant, rien. Je commande une action, rien ne se produit.

Je ressens pourtant quelque chose, une brise sur ma peau. De fraîche elle est passée à tiède. Cela doit faire un moment que je suis là, je ne me rends pas compte. Une caresse, un tissu, un vêtement, mes cheveux ? Tout reste superficiel, à fleur. Je reste quand même sans réaction.

Je respire. Mon torse se soulève en un rythme soutenu. Puis-je le ralentir, l'accélérer ? Cet automatisme est présent, sans possibilité de contrôle. Je profite de ces inspirations pour sentir. La brise sur ma peau a une odeur indéfinissable, je ne la reconnais pas. J'ai connu la nature, les bois, les prés, les intérieurs de maison, les gens, la vie, mais ce n'est pas ça. Ce n'est pas naturel, médicamenteux ?

J'aimerais comprendre. Pour m'aider, il me faudrait voir. Tout est noir pour le moment. Mes yeux fonctionnent pourtant. Des lueurs vont d'un côté à l'autre, elles se croisent, montent, descendent, entrecoupées de points sombres, comme des mouches qui voleraient dans un brouillard. Peu de lumière, pas de relief. La commande des paupières est inefficace. C'est clos. J'aimerais voir.

Mon imagination est active, alors, j'imagine. Je construis des images dans ma tête. Mais j'embellis et je fabrique ces images, elles ne peuvent pas avoir été ma réalité. Elle n'a pas pu être si belle et si courte. Je ne sais pas si j'ai envie de faire un effort de mémoire. Je suis, je le comprends maintenant, sur un fil, à cloche-pied. Je ne peux pas rester là indéfiniment. Je regarde d'un côté, de l'autre, les deux m'attirent. Plonger dans la mort ou surnager dans la vie. Le pas décisif est pour quand ? Qui de mon corps ou de mon esprit décidera ? Aurais-je au moins cette décision à prendre ?

Je vais chercher mon histoire. Un effort indéfinissable. Je me souviens.

J'ai mon diplôme et l'université que j'avais choisie m'a acceptée. J'ai une chambre en colocation, deux autres filles en première année comme moi. Nous allons passer un bon moment ensemble, je le sens.

Pendant trois ans, j'ai tout donné comme on dit. Je la désirais cette prestigieuse faculté, gage d'un avenir certain. Pour y arriver, j'ai passé le plus clair de mon temps devant des bouquins, à faire des fiches de lecture, cherchant sur le Net les informations utiles, relisant et apprenant les cours. Je ne me ménageais pas. Je voulais être à la hauteur du sacrifice de mes parents afin de pouvoir le leur rendre un jour. Donc peu de sorties, si des amies ou amis venaient à la maison c'était pour travailler. Les vacances étaient studieuses, forcément studieuses, je ne voulais pas prendre le risque de rater. Pas de fêtes, de soirées. Même si j'avais eu en son temps un petit copain, un peu pour faire comme toutes mes camarades, je n'en voulais plus. Je considérais l'amour ou les amourettes comme incompatibles avec le travail et la réussite. C'était ma volonté, elle n'était dictée que par l'intérêt d'avoir les appréciations et les notes nécessaires à mon projet. Et j'ai eu raison. Tout se passait comme je l'avais décidé.

Finalement, tout le travail que j'avais accompli s'était trouvé fort utile, cela m'avait donné de l'avance. Je pouvais me reposer, décompresser après un été à essayer de gagner quelque argent pour ne pas être une étudiante complètement fauchée. J'avais réellement le besoin de vivre pour moi, de ne plus être cette cruche « intello ». Il y avait sur le campus nombre de clubs plus ou moins intéressants ainsi que des fraternités et des sororités. Pour les clubs, rien de plus facile, il suffisait d'être étudiant pour s'y inscrire. Concernant les sororités, pour en faire partie, il fallait obligatoirement être cooptée. Cela faisait aussi partie de mon projet. Je connaissais déjà le lien qui unissait ses membres ainsi que les soutiens présents et futurs.

La soirée annuelle d'intégration avait été organisée au début du premier trimestre. Moi, nous, les nouvelles recrues, devions nous occuper de la logistique : boissons, nourriture, glaçons. Les animations étaient dévolues aux deuxièmes et autres années. Une fraternité, pendant de la nôtre mais au masculin, avait été conviée à la fête, comme tous les ans depuis la création de l'université. C'était, aux dires de certaines, une occasion de rencontres. D'ailleurs, certains avaient déjà bien fraternisé avec certaines. Et inversement.

Je ne peux pas juger de mon physique. Je doute toujours que je puisse plaire. Je l'ai vu s'approcher. Il a demandé un verre. Son compliment m'a surprise, il m'a fait rosir et baisser le regard. Il aurait pu pour le reste de la soirée s'éclipser dans d'autres pièces de la maison. Mais non, chaque fois que je levais les yeux, il se trouvait dans mon champ de vision, était-ce volontaire de sa part ? J'osais le supposer. Et chaque fois que je le fixais, il tournait son regard vers moi, une seconde, juste le temps de croiser le mien et le soutenir en ajoutant un sourire. Comment savait-il que je le regardais ? Il se passait quelque chose de nouveau pour moi, je ne pouvais finir la soirée sans le connaître mieux, au moins son nom. Charles, je m'appelle Charles. Bonsoir, je suis Louise. Ceci dit, il a attendu immobile un court instant puis il a doucement placé sa main sous mon menton en se penchant tout aussi doucement vers mes lèvres qu'il n'a fait qu'effleurer avec les siennes. Trois effleurements, un à droite, un à gauche, un au milieu. Nous avons tous les deux fermé les yeux. Je connaissais la saveur d'un baiser mais pas celle d'une telle caresse. Son charme était évident, j'étais en train d'y succomber.

Bien sûr, nous nous sommes revus. Nos emplois du temps ne correspondaient pas, mais, nous nous arrangions pour nous voir, le plus souvent possible. Il était amoureux, il me l'a dit. Je l'étais aussi, je ne lui ai pas caché. J'ai pensé qu'avec lui j'avais envie de sauter le pas de l'amour physique, je l'ai surtout senti et désiré. Ma première, et donc notre première fois, fut celle que j'espérais. Un mélange de douceur et de force. Il dégageait une grande vitalité. Il m'a donné le goût à l'amour. Notre jouissance était chaque fois au rendez-vous. Il avait éveillé mon appétit de sexe qu'il satisfaisait à merveille.

Mais, à cause de cet amour, j'avais un peu perdu de vue mes objectifs. J'avais du mal à tout concilier, les cours, le travail personnel, le club, Charles. L'inquiétude commençait à me gagner car lui ne semblait pas avoir le même problème. Il était toujours vaillant, toujours sur la brèche, toujours partant, difficile à suivre.

Un jour, lors d'une discussion, je lui exposais les raisons de ma fatigue. Il me semblait que je n'arrivais pas à faire face à toutes nos activités, à tous ses besoins aussi. Je voulais avoir son énergie. Il m'a enlacée en souriant pour m'expliquer qu'il existait des solutions et que de nombreux étudiants y avaient recours sinon, avec la pression, ils couraient à l'échec. Il avait confiance en moi, il ne voulait pas que je flanche, pour nous, pour notre amour. J'avais aussi une confiance aveugle en lui.

Ce même soir, nous nous sommes retrouvés dans sa chambre. Il avait préparé la poudre blanche. J'avais un peu peur, une autre expérience, une autre première fois avec lui. Un rail, deux rails, ma dose après la sienne. Il y avait ce soir-là une fête dans une fraternité du campus. Je me sentais merveilleusement bien, en communication avec le monde, tout s'éclairait, enfin je ressentais, je percevais ce bonheur de vivre. La fête fut formidable, on a bu, ri et dansé jusqu'à la fin. Le lendemain ne fut pas plus compliqué, tout s'enchaîna sans difficulté. Les effets de la poudre ne s'étaient pas encore estompés. Mais revint la fatigue. Charles le remarqua très vite. Je n'osai pas lui demander, il me devança en me proposant à nouveau deux rails. Là, on n'était plus dans le domaine de l'expérimentation mais dans celui du besoin. Qu'importe, avec ça j'accédais à l'inconnu, je devenais meilleure, je voyais mes objectifs se réaliser. Nous étions, avec Charles, constamment en vitesse supérieure.

Je ne me souciais pas de l'approvisionnement, Charles s'en occupait, il nous fournissait le nécessaire. Mais un jour plus rien, plus de poudre blanche. Je me suis mise à rechercher tous les sachets, toutes les pailles pour gratter la moindre particule, le moindre atome de ma dose. Je voyais bien que ce que j'avais récolté ne serait pas suffisant. J'ai commencé à me sentir très mal. Mon lit fut mon seul refuge. Je me tordais de douleur. Le cœur qui bat si fort qu'il cogne dans la tête. Les muscles tétanisés. Aucune position n'arrivait à me soulager. En me voyant dans cet état, mes camarades de chambrée se sont vivement inquiétées, je leur ai fait très peur jusqu'à l'arrivée de Charles avec le remède : ma drogue. Je leur ai aussi demandé de ne rien dire de ce qu'elles avaient vu, je ne voulais pas risquer un renvoi.

Le stock avait été renouvelé, on pouvait reprendre une vie normale. Mais les bonnes choses n'ont qu'un temps. Nous fûmes à court de doses une nouvelle fois. C'est à deux que nous avons vécu le manque. Nous n'avions plus d'argent, on était raide. Les économies des travaux de l'été dernier, les bourses ainsi que les dotations parentales étaient épuisées depuis longtemps, comme les crédits des différents fournisseurs. Il nous fallait pourtant notre dose, c'était impératif, vital. Les jours et les heures passaient, décrocher nous était impossible. Comment faire sans moyens ? Je ne sais pas qui y a pensé en premier. Nous n'avions plus rien à vendre ni à perdre que nous. Oui, nous vendre, nous prostituer pour notre dose de came.

Grâce à toi, Charles, je vis une nouvelle expérience, celle de céder mon corps pour de la drogue. Je prends conscience de ma déchéance. Le rétroviseur de la voiture de mon premier client m'a renvoyé l'image de mon désastre. C'est une révélation. Comment une petite fille modèle a pu en arriver là ? Tout ne se passait pas comme je l'avais décidé. Nous n'allions pas finir de souffrir pour cette merde. Nous ne parlions plus de cours, d'avenir, de travail.

Malgré tout, il devenait nécessaire d'analyser la situation. Le lendemain de notre expérience péripatéticienne, nous avons beaucoup discuté. Il était impossible pour Charles de concevoir mon point de vue. Il pensait que ce n'était qu'une mauvaise passe, que nous allions nous en sortir. J'avais sur notre cas des vues plus rationnelles. Je savais qu'on ne s'en sortirait pas sinon les pieds devant. J'avais repris un peu de lucidité qui me rappelait mes objectifs passés. Je les savais inatteignables dorénavant. J'ai donc conçu une dernière soirée avec Charles qui restait mon seul amour.

On s'est retrouvé dans une chambre d'hôtel, le plus haut de la ville. Je m'étais procuré une quantité de doses suffisante pour nous deux et nous avons commencé notre fête solitaire. Je voulais rester claire, pas trop shootée mais j'ai bien forcé sur ses doses. Trois, quatre, cinq rails, plusieurs fois, il prenait tout. Il titubait dans une quasi-inconscience. Je lui ai proposé de prendre l'air frais. J'ai ouvert la porte-fenêtre qui donne sur un petit balcon. Je l'ai guidé, il a posé ses mains sur la rambarde. Je l'ai fait se pencher. Une dernière poussée pour la chute. Il n'a pas crié. On n'a entendu que le bruit d'un corps qui se brise. Adieu, Charles, je t'aimais.

J'ai pris le reste de la dope, je n'ai rien laissé, j'ai tout inspiré. Je me suis écroulée au pied du lit, inerte. C'est bien ce que je voulais faire, une overdose. Je n'imaginais pas que cela ferait si mal ni que je me sentirais aussi bien maintenant, proche des limbes. Le fil sur lequel je me trouve entre la vie et la mort s'effiloche de plus en plus. Ma chute est proche. Où sont mes rêves ?

Si je n'ai pas réussi ma vie, je ne veux pas rater notre mort.

Automat, 1927
© Des moines Art center, Iowa, US

Automat
(Cafétéria)

Cela ne faisait pourtant que la deuxième fois que l'on se voyait.

La première avait été surprenante.

Je chante dans une chorale gospel avec des personnes qui sont devenues des amis. Nous travaillons nos chants puis nous nous produisons quand l'occasion se présente. Notre qualité ne nous permet pas des contrats mirobolants, au contraire, nous essayons de faire plaisir à certaines communautés en nous produisant pour fêter des moments de la vie du cercle familial.

Un soir lors d'une de nos répétitions, un énergumène, ami d'un couple, membre, lui aussi, d'une chorale vient participer à notre travail. Je ne le connaissais pas. Et pour cause, je ne l'avais jamais vu. Mais, autant il pouvait prendre de la place et être visible, autant lorsqu'il s'est approché de moi, cela fut fait en toute discrétion et ses propos furent tout aussi délicats : « bonsoir, je t'ai regardée pendant les répétitions. Attention, je ne voudrais pas que mes propos soient mal interprétés. Je connais ta situation, la mienne est identique. Mais il me semble que dans un groupe comme le nôtre on peut se dire des choses sans y voir autre chose que les mots eux-mêmes, sans qu'ils soient considérés comme une promesse ou un engagement. Voilà, je ne sais pas si toi-même le sais ou si on te l'a déjà dit, mais tu as une démarche qui fait penser à celle d'un ange qui se déplacerait sur un nuage. Et te regarder te déplacer est un plaisir très grand que j'ai eu ce soir. Je voulais que tu le saches ».

Il a continué à parler un peu encore, toujours avec le sourire de sa déclaration, avant d'aller vers d'autres chanteurs qui prenaient une collation. Je suis restée interdite. Je n'ai pas su mettre des mots sur les sentiments qui se présentaient sur le moment ni sur ceux d'après. Un compliment qui venait d'on ne sait où, empreint d'une candeur et d'une innocence quasi enfantine, sans malice, gratuit. Il était manifeste qu'il avait dit sa pensée. Et, bien qu'interloquée, cela me plut, beaucoup. J'étais intriguée, il me fallait en savoir plus sur cet homme. J'acceptais donc l'invitation à dîner pour le lendemain soir chez nos amis communs.

J'arrivai un peu en retard, l'apéritif était déjà bien entamé, presque fini, la table était mise. Je connaissais tout le monde, nous étions huit. Charles me dit (il s'appelait Charles) son étonnement de me voir là, ne me sachant pas invitée, mais sa pleine et entière satisfaction quant à ma présence ici mais plus encore à ses côtés. Je sentais dans son ton qu'il considérait que ma présence avait pour cause sa présence. Sa sensation était juste, mais je ne l'ai pas exprimée. Et, avec le plus grand des hasards, nous nous sommes retrouvés en bout de table, l'un en face de l'autre. Il nous a fallu de temps en temps prendre part à la conversation générale sinon nous n'aurions pas été huit à table, mais six plus deux.

Dire que nous étions sous notre charme ne serait pas faux. Toutefois, peu des hôtes ou des invités pourraient l'affirmer. Mais vint le temps de la séparation. Nous savions qu'il serait difficile de nous revoir, les distances qui nous séparent sont nombreuses, familiales, professionnelles, kilométriques, et importantes. Qu'importe, on sait bien que cela se fera, nous le savons. J'espère que lui le sait. Je pense que oui car il me propose de m'envoyer quelques-unes de ses œuvres, car Monsieur a un penchant artistique : il peint. Et puis nous chantons les mêmes airs.

Plus tard, nous apprenons que nous avons une date commune, une échéance où ma chorale aura besoin de sa voix, une des nôtres faisant défaut.

Plus ce jour approche, plus je me retrouve fébrile. Je me garde bien de le montrer à quiconque. Même pas à lui surtout pas. Notre communication a été réduite au minimum entre temps.

Le jour dit, j'étais à travailler mon rôle avec le chef de chœur pour la cérémonie du soir quand Charles apparaît dans la pièce. Je l'ai vu, je l'ai parfaitement vu mais j'ai gardé mon émotion à l'intérieur, je ne voulais pas que le chef ait un doute quelconque. Ses dernières recommandations n'ont pris, fort heureusement, que peu de temps. Charles attendait stoïque, il a aussi cette intelligence de la situation. Mais quand je fus libre, je l'ai pris dans mes bras. Quelques secondes de bonheur. Ce n'était pas un simple câlin, il y avait plus d'intensité. Plus que la joue tendue d'une bise, les corps qui entrent en contact, pour ressentir. Il eut droit aussi à un deuxième câlin juste après le premier quand j'ai su qu'il avait pensé à moi en ayant préparé un présent de ses mains. Je suis sûre que ce gros malin avait préparé son cadeau afin que je pense à lui en le consommant plus tard dans la semaine. Il avait raison mais il n'avait pas besoin de ça.

Notre groupe a une habitude, celle de pratiquer une sorte de communion avant le début du spectacle et après celui-ci. Nous nous plaçons en cercle, on se tient les mains puis nous méditons quelques secondes afin, dit le chef de chœur, d'être en communion avec nos chants et notre mission. Le plus pur des hasards encore une fois nous fit nous mettre côte à côte. Nos mains se sont croisées. Je ne peux me tromper, j'ai bien senti une légère caresse de ses doigts sur les miens.

Aujourd'hui encore je me demande pourquoi je n'y ai pas répondu. Trop surprise peut-être. Notre concert se déroule. Je sais qu'il guette mes déplacements. La jeune femme au centre de la cérémonie, un passage spirituel à l'âge adulte, reçoit de la part de sa mère une accolade signifiant son acceptation dans ce monde. Fin du spectacle, les spectateurs sont sortis, nouveau cercle de méditation. Charles s'enhardit, prenant ma main, il la soulève, la porte à ses lèvres et y dépose un baiser. Devant l'assemblée ! Personne n'a rien vu, trop occupé à trouver sa place. Je suis sûre d'avoir légèrement rougi, de peur et de joie.

Enfin quand tout est terminé, que le temple est rangé, que tous les convives qui restent prennent un goûter mérité dans une salle à côté, il m'entraîne avec lui dans le temple vidé de son matériel et de ses occupants. Nous sommes seuls. « Tu sais qu'il y a une autre accolade possible ? Pas entre mère et fille bien sûr, mais entre nous ? » Je ne réponds pas, je le laisse faire. Il me prend les mains, positionne nos pieds, fait s'approcher nos bustes, se penche vers moi et dépose sur mes lèvres cette fois un baiser, un seul. Il me revient maintenant qu'il avait employé le mot « coquin » pour qualifier ce qui allait être notre accolade. Je ne sais pas pourquoi là non plus je n'ai pas répondu. Une surprise encore plus grande ? Ou alors j'ai du mal à imaginer que je puisse plaire, que l'on désire m'embrasser, puisque ma situation d'épouse interdit cela. Nous sortons du temple. Nous rejoignons les convives à table.

Nous ne pouvons pas vraiment parler de ce que nous avons fait devant nos voisins de tablée si ce n'est par allusion et il m'avoue avoir prémédité son geste, il voulait le faire, mais il ne savait pas comment. Rejouer l'accolade mère-fille lui a donné le prétexte pour m'embrasser. À ce moment-là, nous savons qu'il y aura une troisième fois. Il ne le sait pas mais ce jour-là j'aurai choisi d'être maître de la situation.

Nous ne provoquerons jamais ces rencontres, nous laisserons faire le destin, même si parfois le favoriserons-nous, un peu.

Nous savons aussi qu'il n'y aura que des étapes qui nous amèneront plus loin chaque fois dans la perception de cet amour si particulier. Que nos vies ne pourront, pour les distances qui les séparent, pas être communes. D'ailleurs, ni lui ni moi ne le voulions. Mais qu'il y a eu cet amour indéfectible.

Les années ont passé maintenant. Assise dans cette cafétéria à attendre mes enfants, je fais un micro bilan. Je me remémore avec plaisir et nostalgie ces instants si marquants. Je pense que j'ai trouvé, grâce à cet amour, un équilibre dans ma vie. Et, oui, nous nous sommes revus, heureusement pour moi comme pour mon petit cœur de souris. Cela a été chaque fois un bonheur serein. Il n'y avait pas de faute, pas de mal. Quelquefois, nous n'avons même pas profité l'un de l'autre. Un amour qui ne détruit pas la vie. Au contraire. Il m'a fait voir, découvrir ou redécouvrir que malgré l'âge qui avance inexorablement, des sentiments aussi intenses pouvaient encore se présenter. Ils ne comblent pas un vide de l'existence, ils nous font comprendre que le chemin est toujours là, qu'une bifurcation peut se présenter, un détour, un crochet. Ces sentiments sont un plus, une valeur ajoutée.

Cela fait maintenant quelque temps déjà que Charles n'est plus là. Au choc de sa disparition soudaine s'est substituée la joie d'avoir compris son héritage : corriger le désenchantement du monde par le don de la joie et du bonheur.

Compartment C, 1938
© Metropolitan Museum of Art, New York

Compartment C
(dernier voyage)

Nouveau voyage. Vers mon quatrième lieu de vie. Le dernier ?

Le paysage qui défile ne m'intéresse pas. Je ne voyage pas pour ça, j'ai d'autres préoccupations. Les brochures données à la gare comblent un peu de mon temps, dispersent mon esprit. Je profite du confort de la première classe. J'ai loué le compartiment entier pour ne pas avoir de voisins qui m'obligeraient à faire la conversation ou qui voudraient me charmer. Je n'ai pas besoin de ce genre d'individus. J'ai les moyens de les éviter mais je sais où les trouver si nécessaire.

— Bonjour ! Contrôle des billets s'il vous plaît. Merci. Vous faites bon voyage ? Voulez-vous que j'appelle un porteur à l'arrivée ?

Je tends mon billet, je ne lève pas la tête ou si peu. Je ne veux pas que le contrôleur voie mon visage. Même s'il en voit des milliers chaque jour, je ne veux pas risquer d'être reconnue comme ayant été dans ce train.

— Non merci, je suis déjà attendue et je n'ai que cette petite valise.

C'est faux, totalement faux. Je suis seule et je ne connais personne à L.A. On ne peut pas m'attendre. Mais je comprends qu'on puisse penser que je voyage chargée. Je ne suis plus une jeune femme, de plus j'ai une prestance et une élégance certaine. Je n'ai que mon sac à main et ce bagage, toujours le même, comme une superstition.

S'il avait su ou eu le moindre doute sur leurs contenances respectives, je suis certaine qu'il eût tout fait pour me les dérober et disparaître dans la nature. Sachant aussi que je ne peux pas avouer l'origine de ce qui s'y trouve, il aurait eu de quoi vivre gentiment, lui, ses enfants et les enfants de ses enfants. Moi, en suis-je capable, de « vivre gentiment » ? J'ai de gros besoins. Principalement celui d'accumuler des billets de banque.

J'ai failli ne pas pouvoir les assouvir, pourtant j'étais une héritière. Mais j'avais un frère.

Nous habitions à Baltimore dans une maison cossue dans le quartier huppé. Du style, de grandes pièces, gouvernantes et cuisinière. Mes parents avaient fait leur fortune dans l'import-export. Seul mon père travaillait, ma mère s'occupait de la maison, des enfants, surtout de mon frère, malade du cœur, Charles, de son bridge et de ses œuvres de charité. Je suis l'aînée, malheureusement pour eux une fille. Ils m'ont expliqué leur déception à ma naissance en découvrant mon sexe. Je ne rentrais pas dans leurs plans. Neuf mois plus tard, joie dans la maisonnée, un fils naissait, le divin enfant.

D'aussi loin que je me souvienne, je suis oubliée, pas rejetée, mais. Certes, j'existe, mais. Mal-aimée, mal et mais. Car il y eut nombre de « mais ». Mais tu es une fille, mais il a le cœur fragile, mais il est plus brillant, mais il doit faire des études, mais tu n'en as pas besoin, mais il doit succéder à son père, mais on te mariera, mais tu auras une dot, mais il est l'avenir de notre patrimoine. Notre avenir à chacun était tracé, Charles à la tête de l'entreprise et de l'héritage, pour pérenniser notre glorieux nom et moi mariée pour pérenniser le nom d'un autre.

Au fur et à mesure, j'ai compris que la jalousie était mauvaise conseillère. Puisque la vie est pour eux une chose écrite, quasiment immuable, qui répond à leur seul désir, je me suis mis en tête de déjouer leurs volontés, d'écrire une autre histoire, à ma façon. Sans fils, l'entreprise n'a plus de raison d'être. Sans fils, et sans possibilité d'en pondre un nouveau, il ne reste qu'une héritière. Je voulais aussi leur montrer que j'étais certainement plus intelligente que la moyenne, qu'ils se trompaient, aveugles qu'ils étaient, que je transformerai leur « mais ». Il devenait de leur responsabilité que cette intelligence soit au service du mal. Aurais-je agi ainsi sans cette injustice ?

Première étape, supprimer Charles.

En bonne fille de famille, en parfaite sœur aînée, je faisais le nécessaire pour décharger ma mère de ses responsabilités familiales. Je me rendais indispensable quant aux soins auprès de mon frère. Et même s'il n'avait aucune responsabilité dans cette situation, il était l'instrument de nos parents. Cet objet était de trop. Je pris donc l'habitude de lui préparer ses médicaments, ses gouttes en particulier, sa fameuse digitaline. Mais je pris surtout l'habitude de sous-doser sa prescription, de très peu à chaque fois, de réserver le surplus en prenant soin de le cacher à la communauté. Si bien que le jour fatidique du surdosage, le médecin ne put conclure à une faute de ma part, le flacon ayant été utilisé correctement, ses recommandations parfaitement respectées. Donc, crise cardiaque due à sa maladie.

De ce jour, les parents ne purent se remettre de leur tristesse. Un moment, j'avais sous-entendu, suggéré, dit ouvertement que j'étais là, qu'ils avaient une fille. J'ai vainement essayé de leur ouvrir les yeux. Rien n'y fit. Leur garçon n'était plus, une fille ne pouvait être. J'avais la quasi-certitude de leur réaction mais je voulais leur laisser une chance de me voir, de me considérer. Ils ne l'ont pas saisie. J'étais pourtant prête à brûler mes préparatifs. Tant pis. Le faux testament était déjà dans leur secrétaire et une copie déjà chez le notaire. Je savais qu'ils n'en avaient pas fait, ils ne s'attendaient pas à la mort de leur fils unique et chéri.

Il me fut aisé tant leur chagrin était grand de provoquer un accident de voiture fatal. Une route escarpée pour aller se recueillir à un endroit qu'affectionnait Charles, un coup de volant vers le précipice, je saute de la voiture en marche, la police dira que j'ai été éjectée, je me blesse assez sérieusement sans séquelles irrémédiables. Les parents ne sont pas sauvables.

Je suis une héritière, enfin j'hérite. Je me qualifie moi-même de « new uncle McScrooge from Baltimore[*] ». Comme lui, je veux du cash ! Je vends l'entreprise familiale au grand bonheur de ses concurrents. Je remplis mes comptes de gros billets. La vue de mes soldes bancaires me comble de joie. Toutefois, je n'ai plus de parents pour hériter et travailler ne rapporte que très peu d'argent par rapport à ce que j'ai déjà. Je n'ai guère de solutions si je veux que mes comptes gonflent. Je dois investir. Il me faut un mari, riche. Direction Washington.

Berner les bourgeois est trop facile, surtout pour une jeune femme assez jolie. Pour entrer dans leurs cercles, faire étalage de vos moyens, toilettes, voitures, bijoux. J'avais déjà tout cela, je connaissais les codes. Il y a,, ou il reste toujours, un homme riche et libre. Je ne suis pas une briseuse de mariage. Cela

---

[*] Nouvel Oncle Picsou de Baltimore

demande trop d'énergie. Néanmoins, en plus des codes que je possède, je sais tricher, mentir, pour arriver à mes fins. Je peux même donner mon corps si cela s'avère utile. Je sais simuler toutes les facettes de ma vie. Ma seule et vraie jouissance est la possession de mes billets.

Je pars à la chasse.

Mon nom ainsi que mon histoire sont un peu connus ici. Je les laisse s'apitoyer sur mon sort, cela les rend plus vulnérables. Ils pensent qu'une femme ne peut vivre sans homme. Ils veulent tous combler ma solitude. Et vite.

Choisir celui qui sera l'instrument de ma volonté est plus compliqué que je ne l'imaginais. Il ne faut pas se tromper. Car s'il est nécessairement riche il doit être aussi manipulable autant que son cercle familial afin de ne pas attirer les soupçons une fois mon forfait commis. Cela devrait prendre plus de temps que prévu.

Mais qui soupçonnerait une déjà riche héritière ?

Je jette mon dévolu sur Robert III. Troisième génération légèrement consanguine du milieu politico-affairiste de Washington. Il est plus âgé que moi et je comprends pourquoi aucune « bonne » famille ne lui a proposé une de leur fille en mariage. De plus, si elle avait été de son acabit, la progéniture engendrée par ce couple avait toutes les chances de finir à l'asile. Je suis pour eux une chance exceptionnelle de renouveler le sang, une génétique améliorée pour le futur Robert IV. Une sorte de Messie.

Deux jours avant la noce je prends un billet de train pour Chicago et je préviens le banquier de mon futur mari que j'aurai une procuration afin de retirer, le lendemain du mariage une très grosse somme en liquide. Car vu son importance, il faut s'y prendre à l'avance. J'achète aussi une voiture plus qu'ordinaire que je gare en un endroit précis.

Le soir de la cérémonie et de la fête qui s'ensuit, nous nous échappons avec une relative discrétion afin d'entamer notre voyage de noces que nous avons prévu de faire en voiture. Il a confiance, il m'a laissée tout organiser. Pour lui, nous allons faire le tour des palaces de la côte est pour arriver en Floride. Les prospectus des hôtels, les talons de chèques, les lettres de réservation le confortent dans cette idée.

Cependant, je lui réserve une surprise, il n'y aura pas de nuit de noces, sinon sanglante. J'ai pris le volant. Il fait nuit. Il ne repère pas le paysage. Il s'étonne simplement que la route soit un peu cahoteuse. Je ralentis. Dans la lumière des phares, il voit que nous rentrons dans une propriété qui semble déserte sauf une voiture à côté de laquelle je stoppe. Il s'étonne de nouveau, cela ne ressemble pas à un palace. Pendant qu'il parle, je sors de la voiture, je vais récupérer une fourche que je savais là. Il ouvre la portière. À peine est-elle ouverte que je pique court à son étonnement précédent en en provoquant un plus grand encore lorsqu'il sent dans sa gorge s'enfoncer les piques de la fourche. Il se vide sur les sièges. Son sang ne fait qu'un tour et puis s'en va.

Je récupère dans le coffre ma valise fétiche. J'éloigne l'autre voiture. Je recouvre de poussière celle où gît feu mon mari, ainsi salie elle devrait moins attirer l'attention. Direction un hôtel proche de la gare. Le temps que l'on découvre mon forfait, je serai à la recherche d'un nouveau conjoint. Et ma valise se sera alourdie de nouveaux billets.

Washington-Chicago en une nuit, j'ai dormi comme un bébé contre ma chère valise. Un appartement m'attend déjà. Une vie nouvelle aussi. Qui pourra me trouver ici ? Personne ne me connaît. Je n'ai laissé que de maigres indices qui seront difficiles à exploiter et à recouper. Tous les documents me concernant ont été détruits. Je suis tranquille pour un moment.

Tout a si bien fonctionné à Washington que j'applique la même méthode ici et ça marche. Je laisse dans cette belle ville le cadavre de mon deuxième mari, un trou dans ses comptes de quelques centaines de milliers de dollars plus le prix d'un compartiment de train direction L. A.

Je débarque sur le quai. Je n'imaginai pas bien la difficulté de transporter cette masse d'argent. S'il n'a pas d'odeur, il pèse son poids. Je me repose devant un café au buffet de la gare dans un coin à l'abri des regards. Je réfléchis. Je me dis que je ne peux pas renouveler mes exploits précédents, cela deviendrait trop dangereux. En revanche, je possède une expérience inestimable en matière de relations sociales. Je suis prise entièrement par mes pensées. Tout tourne dans mon esprit, puis les contours d'une idée se précisent, jusqu'à la lumière de ma riche expérience :

« Je vais ouvrir une agence matrimoniale ».

Table des matières

- Barn and silo   7
- Reclining nude   15
- House at the fort, Gloucester   27
- Gas   37
- Night in the park   45
- Room in Brooklyn   53
- High noon   63
- Nighthawks   69
- Approaching the city   85
- Excursion into philosophy   93
- Cobb's barn and distant houses   103
- Hôtel room   117
- New York moovie   123
- South Truro post office   131
- Summer interior   143
- Automat   153
- Compartment C   161